梦想成真的未来日记
不愿服输的心情

〔日〕本田有明◎著

李清菁◎绘   周 洁◎译

北京科学技术出版社
100层童书馆

本田有明

作家、本田咨询事务所董事长。善于从咨询和管理工作的经验出发，编写能帮助孩子思考如何设定目标、朝着梦想前进的童书。

本系列小说是他的代表作。作品还有《水边的欢乐学校》（由 PHP 研究所出版），《奔跑吧，离家出走的小狗简！》《坐电车去打卡！GO！》（以上作品由金星社出版），《鼓起勇气，踏出第一步》《离开原地，奔向远方》（以上作品由小峰书店出版），《哈密瓜上的信》《歌唱吧，多摩川高中合唱团》（以上作品由河出书房新社出版）。

NOZOMI GA KANAU MAHOU NO NIKKI

Copyright © 2019 by Ariake HONDA

All rights reserved.

Illustrations by Iko KIMURA

First original Japanese edition published by PHP Institute, Inc., Japan.

Simplified Chinese translation rights arranged with PHP Institute, Inc.

through Bardon Chinese Creative Agency Limited

Simplified Chinese edition © 2023 by Beijing Science and Technology Publishing Co., Ltd.

All rights reserved.

著作权合同登记号 图字：01-2023-3696

图书在版编目（CIP）数据

梦想成真的未来日记. 不愿服输的心情 /（日）本田有明著；李清菁绘；周洁译. —北京：北京科学技术出版社，2023.11

ISBN 978-7-5714-3227-0

Ⅰ. ①梦… Ⅱ. ①本… ②李… ③周… Ⅲ. ①童话—日本—现代 Ⅳ. ① I313.88

中国国家版本馆 CIP 数据核字（2023）第 176758 号

策划编辑：刘 璐 韩贞烈	**邮政编码：**100035
责任编辑：代 艳	**电　话：**0086-10-66135495（总编室）
责任校对：贾 荣	0086-10-66113227（发行部）
营销编辑：王桢吉	**网　址：**www.bkydw.cn
图文制作：天露霖文化	**印　刷：**三河市华骏印务包装有限公司
封面设计： Design QQ:29203943	**开　本：**880 mm×1230 mm　1/32
责任印制：吕 越	**字　数：**95千字
出 版 人：曾庆宇	**印　张：**5.375
出版发行：北京科学技术出版社	**版　次：**2023年11月第1版
社　址：北京西直门南大街16号	**印　次：**2023年11月第1次印刷
ISBN 978-7-5714-3227-0	

定　价：35.00元

目　录

1

难以置信！

啊？不会吧？真的假的？这也太不可思议了吧！

井上光平的蛙泳姿势很标准。他游得很顺畅，居然从二十五米长的泳池的这一头游到了那一头！

周围的不少同学都发出了"哇"的惊叹声。

我本以为光平游到泳池那头就游不动了，结果他掉头继续游了起来。

"啊？！"

围在泳池边的五年级二班所有同学都震惊得叫出了声，因为上节游泳课，光平刚要开始游就呛了一大口水，结果只游了零米，班级排名倒数第一。

由于担心光平溺水，这节课老师一直在泳池边盯着光平，以便在光平溺水的时候马上把他救上来。在他快要掉头时，老师甚至下水进入泳池，跟在光平身边。

这会儿，虽然光平的身体略微下沉，速度也变慢了，但他似乎还能继续游。照这个状态，他没准可以游完五十米。

我惊讶极了。刚开始我还为他喊加油，因为他是我的好朋友。可是，在他游完二十五米后，另一个念头像积雨云一样在我脑海中膨胀开来。我心想：你给我赶紧停下来！

班里唯一游泳不如我的男生现在居然游得这么好，这令我有点儿不爽。不，这令我非常不爽。因为，倒数第一这个原本属于光平的令人羞耻的排名如今要落到我头上了。

光平掉头后已经游了十多米。不知从何时起，周围的同学都真诚地为他加起了油。

"你可以的，光平！"

"加油！"

或许是听到这些加油声后用力过猛，光平两次换气都失败了，于是停了下来。

老师立刻估算他的游泳成绩。

"成绩是四十米。你挺厉害嘛，井上同学！"

　　他一边说，一边激动地抱住了光平。

　　光平把泳镜推到额头上，看了看四周，想确认一下自己到底在泳池的什么位置。他的脸上充满了喜悦的笑容，还有些许因为没有游完五十米而产生的遗憾的神情。

　　这时，他看向泳池边，恰好和我四目相对。

　　"零米纪录保持者"差一点儿就游完了五十米，立马从"溺水王"摇身一变，成了"游泳王"。

　　"你这不挺厉害的吗？光平！"此刻，这句赞美是作为好朋友的我应该说的话。我一边说，一边竖起了右手的大拇指。

　　光平眯缝着眼睛，露出了羞涩的笑容。

　　暑假时，我们末广小学每个班都有三节游泳课。每节课老师都会进行游泳能力测试，给大家评级。完全不会游泳的是五级，可以游二十五米的是四级，之后每增加二十五米升一级。可以连续游一百米以上的是一级。

　　我们班有六名学生上过游泳特训班，他们全都是一级。他们泳姿轻盈，在水里像鱼儿一般。直到上节课，也就是第二节课结束，班里还有三名女生和两名男生是五级。这两名男生就是井上光平和我——山下龙野。我虽然还不会换气，但是靠闭气可以游七米。所以我的外号叫"闭气王"。虽说这个外号听着让我不舒服，但是跟光平的"溺水王"相比，它还算是好的。

然而，就在这第三节课，局面完全变了。光平升到了四级，而我在没有换气的情况下拼了命游，才游了十米，所以我的级别没变——我是班里唯一一名留在五级的男生。啊，这太打击人了！

下课后，我在回家的路上等到了光平，假装漫不经心地问他。

"光平，你练习了吧？"

光平圆润的脸蛋像软软的布丁一样微微颤动了一下。

"我在市里的游泳馆练了一下。"

啊？讨厌运动的光平居然去了市里的游泳馆！这太不可思议了！

"你好酷呀！我也想跟你一样。"

听我这么一说，光平的脸蛋像是被轻轻弹了一下，又微微地颤动了一下。

"你要和我一起去市里的游泳馆练习吗？"

"好啊！"我回答道。

虽然市里的游泳馆是收费的，我们去那里游泳不太划算，但我不想一个人留在五级。可是，我的暑假作业

还有一大堆，怎么办啊？已经八月下旬了，到了最后冲刺阶段了。

"什么时候去？"光平问道。

"后天吧。我给你打电话！"我不假思索地回应道。

"好。那等你电话咯！"

这种从容不迫的语气真奇怪，跟光平往日的语气完全不同。

"你作业做完了吗？"

"嗯，快了。"

"读后感呢？"

"写好了！今年写得很认真。"

已经写了？这也太不可思议了！

"你读了什么书？"

"《小王子》。这本书的最后一页写着'小学六年级以上'。"

他得意扬扬地补充道，还抽了下鼻子。

假的吧？光平不只不擅长运动，学习成绩也不好，这次他居然这么早就写完了读后感。这话要是说给班上同学听，谁都不会信吧？何况，去年他还因为把他哥哥的读后感稍微改了一下交上去，被老师批评了一顿呢。那才是正常的井上光平。和过去的他相比，现在的他就

像保健品广告中使用过产品的人，发生了翻天覆地的
变化。

2

哈利·波特和魔法日记本？

两天后，在狂赶作业的间隙，我和光平去了市里的游泳馆，打算只游一小时。我的目的在于查出他是如何练习游泳的，并弄清楚一向散漫的光平迅速做完作业的原因。我感觉我快成了一名侦探。

"我哥教了我换气的方法。他说像乌龟伸头那样把脑袋稍微探出水面一点儿，然后吸口气，就可以身体平稳地游泳了。"

光平将练习蛙泳的秘诀一五一十地告诉了我。

让之前还是"零米纪录保持者"的朋友教我怎么游泳，这让我有些不舒服，但是没办法。毕竟，旱鸭子不知怎的变厉害了。

　　我按照光平教的方法，身体放松，浮在水面上，保持蛙泳姿势，试着把脑袋探出去。果不其然，太用力脚就会沉下去，我也就换不了气了。我连着练了好几回，终于可以吸到半口气了。

　　"看，成功啦！换气时只要手脚不乱动，你就可以浮起来。"

　　我对光平的感激之情和"我才不想被你夸"的不爽感觉像两股波浪一样撞在一起，害得我呛了好几次水。

　　但是，连我自己都震惊于最初那几次成功的换气。这天结束，虽然我游泳时还是有种快要溺水的感觉，但总算游了二十米左右。我打破了自己的纪录。太棒了！

　　光平往返于泳池中，最终游完了五十米。虽说老师不在，这算不上正式的成绩，但是他确实有升上三级的实力了。我的心情有些复杂。

　　"你光靠'乌龟练习'就变得这么厉害吗？而且你还认真地做作业，这一点儿都不像你呀。"

　　我在更衣室里问光平。

　　"我奶奶送了我一个日记本。她让我把愿望写下来。"

　　光平套上T恤衫，腼腆地笑了笑。他的T恤衫胸前有"Harry Potter"的字样，这是系列电影"哈利·波特"的联名T恤衫！

"这件 T 恤衫好帅啊！这也是你奶奶送你的？"

"这是我爸妈送我的生日礼物，一共两件。"

迄今为止，我不知在光平家看了多少次"哈利·波特"系列电影的 DVD。在电影中，跟我们一样大的三人组进入了魔法学校，在那里大显身手。电影中描绘三人少年时期的部分，让我和光平尤其着迷。

就在我想问"能送给我一件吗？"的时候，他说道："另一件T恤衫送给我哥了。不，是被他拿走了。那是他教我游泳的'技术指导费'。"

啊，好可惜！他的哥哥勇太就是把"哈利·波特"介绍给我们的人。

"你奶奶送给你的日记本是什么样的？"

"是低年级学生用的图画日记本。我都不好意思拿出来。"

"你奶奶怎么会送你这样的日记本？"

"我奶奶住在大阪，去年去世了。那个日记本是她提前买好的。"

"那不会是一个魔法日记本吧？"

"唔……怎么说呢……"

开玩笑的吧？我死死地盯着光平的脸，他的鼻子又微微地抽动了一下。光平几乎不开玩笑，平时也不太会拒绝别人。

"在那个日记本里写下愿望，愿望就会成真吗？"

"……"

"告诉我吧，就当这是我们俩的秘密。我们不是好朋友吗？"

我故意用话激他，光平低头看了看胸前，像是有些顾虑。

"你变成哈利·波特了？"

"那倒不是。日记的事说来话长，你明白不了。"

魔法日记本？！这种东西根本不存在吧。我明年三月就要十一岁了，这点儿道理还是懂的。

和光平道别后，我回到家里，扎进了作业堆成的小山中。

不过，哈利·波特似乎就是在十一岁生日的时候，得知自己有巫师血统的。魔法学校寄来的录取通知书他也是那时收到的。

哎呀，现实世界和虚幻世界在我的大脑中交替出现。不就是光平学会游泳了，而且提前写完了读后感吗？这么点儿事就让我联想到"魔法"这个词，我也太小孩子气了。

"哼……蠢死了。"

我故意说出了声。我已经不是小屁孩儿了。专心做数学作业吧！

不过，哈利·波特就是在十一岁生日时知道自己有魔法的。光平的生日比我的早大半年，是八月一号。难道说，光平是末广小学的哈利·波特？

我想把光平的事抛到脑后，却还是忍不住一直纠结。

我想起了那个扮演哈利·波特的小男孩的脸。他戴着眼镜笑时，眉眼很像光平。这时，数学作业上的数字在我眼前跳起了舞。

我急得啪地拍了下桌子。

"吵死了！安静！"

帘子的另一边传来吼声。姐姐的怒气如火山一样爆发了。

我家的儿童房只有十平方米左右，我和姐姐一起住。去年她上五年级后，房间就被一道厚实的粉色帘子隔开了。那时她就警告我："你要是敢偷看，我就给你一巴掌！"本来帘子应该在房间正中间，将房间对半分开，但是我一量才发现，我这边居然比她那边窄了五厘米。我吃了大亏。

每当我为此抱怨，她就说她衣服多、小物件多，完全无视我的抱怨。

　　虽说她只比我高一个年级，但我们的年龄几乎差了两岁，我们在体格上的差距也比较大。我比她矮十厘米，比她轻十来公斤，这令我很不服气。

　　我的姐姐山下麻世是末广小学六年级一班的学生。我突然想起她和井上光平的哥哥井上勇太是同班同学。

　　我问姐姐："姐姐，井上勇太会游泳吗？"

　　"勇太？他那哪算游泳啊，就是轻轻浮在水面。他的外号可是哆啦A梦。"

　　姐姐在帘子的另一边边说边笑。

　　"哆啦A梦啊。"

　　确实，勇太不太高，脸圆乎乎的。

　　"你为什么问这个呢？"

　　"因为他弟弟光平说，勇太教了他一些游泳技巧。"

　　"那你也让他教教你呗。你是五级，还是六级来着？"

　　游泳水平等级没有六级！姐姐明明知道还故意说这种话。

　　我用脚踢了一下帘子。这道帘子每天看得我头晕眼花，似乎让我变笨了。我明明想选蓝色或者绿色的帘子，但姐姐没跟我说就擅自决定了颜色，这种人真霸道。

　　我们的爸爸妈妈在一楼经营餐馆。二楼的居住空间算上餐厅、厨房所共用的一间，只有三间房间。虽然爸妈说，等存够钱就搬到一个更宽敞的地方，然后把爷爷接过去住，但这暂时是不可能实现的，因为附近新开了两家大饭店，爸妈经营的餐厅客人明显减少了。

看到厨房里的爸爸妈妈满面愁云，我就知道，明年也必须忍受这道粉色帘子。如果我是魔法师，我就给他们变出一座钱山。

三年级的时候，"哈利·波特"在我们班上火得不行。

音乐课上，一位出身于音乐世家的女生给我们示范了如何吹奏竖笛。竖笛的音色十分美妙。她吹奏的是"哈利·波特"的主题曲。在音乐课前一周，电视上重播了"哈利·波特"系列电影，许多同学都看了。

她吹奏四小节后，大家鼓起掌来。这支曲子虽然简单，但充满了魔法世界的奇幻色彩，引人入胜。乐音刚落，吹奏的女生便将竖笛指向我们，喊了一声："除你武器！"

她在模仿电影主人公拿着魔杖念咒语的样子。

"哇，有蛇！"

后面有人大叫了一声。

听到这句话，音乐教室里响起了惊叫声，大家都陷入了恐慌。我也条件反射般地从座位上蹿了起来，膝盖

猛地撞到了桌子。

实际上，教室里根本没有蛇。这句话是那个同学随口说的，因为电影里好几次出现了蛇。

从那天起，大家都会把竖笛或劳动课练习烹饪要用的长筷子带到学校，然后对着别人念咒语，玩起了"哈利·波特模仿秀"。据老师说，这个系列的电影上映期间，很多小学都流行这种玩法。

我在放学回家的路上，也和光平玩过这个游戏。

"除你武器！"

"羽加迪姆－勒维奥萨！"

"呼神护卫！"①

我一边念咒语，一边挥舞着刚买来的竖笛。

那节音乐课结束之后，又过了两三周，有一次我们在末广川的桥上玩时，光平的竖笛掉到河里了。几天后，学校宣布禁止学生在校内以及上学、放学路上使用实物玩"哈利·波特模仿秀"。

---

① "除你武器""羽加迪姆－勒维奥萨"和"呼神护卫"等都为"哈利·波特"系列电影中的魔法咒语。

3

写《小公主》的人

第二学期开学后，我有段时间没跟光平说话了。虽说在市里的游泳馆我打破了自己的纪录，还挺开心的，但我感觉光平一直在我前头，把我甩得越来越远，所以我很郁闷。这就是所谓的自卑感吧。

难道我之前和光平在一起的时候一直有优越感？虽然我自己也不太确定，但或许就是这样。

除了游泳，其他体育项目也好，学习也罢，我们俩以前都处在班级中游，有时还接近下游，不论做什么都不太突出。我不想把我们关系好的原因归结于此，但又确实甩不开这个念头。

在这个"平平无奇二人组"里，非要分大小的话，我是大哥，光平是小弟。如果把我们放到哈利·波特的世界里，我就是主角哈利，光平是脑瓜不灵光的罗恩。

我希望像电影里一样，我们俩再加一个女生，组成三人组。三年级和四年级的时候这个愿望实现了，但是五年级分班的时候，那个女生被分到了别的班，三人组就解散了。我一直想再找一个女生，但是一直没找到……这个愿望还没实现，那节游泳课就使我和光平的关系发生了变化。

"在大家暑假写的读后感中，有一篇特别有意思，我看了特别惊讶。"

这天，语文课刚开始，西村老师一边整理着讲台上的那摞作文纸，一边说道。

"又是田中吧？"

"没准是岩崎。"

坐在前面的女生立马猜测道。

田中结花和岩崎修斗都十分优秀，连续两年在县里的读后感大赛中获奖。除了语文，他们在其他科目上也很厉害，被称为我们班的双子星。

"田中、岩崎，还有很多同学都写得非常认真。不过，有一篇读后感，我光看题目就能笑出来。那时我正

在喝咖啡，差点儿把咖啡喷出来。"

西村老师一边说，一边用手摸了摸嘴角。

"啊！是'死了一百万次'这样的题目吗？"

每到这种时候，京介总会说些蠢话。这会儿，他又激动地嚷嚷起来了。

"比这个好听多了。作文集很快会编好，到时候大家就能看到了。要不我还是提前告诉大家吧。"

老师将手放到了那摞作文纸上面，骚动的教室一下子安静下来。

"那我要公布了。这篇读后感叫——《小公主》。"

大约三秒过去，班上响起了扑哧扑哧的笑声。

一两成同学在笑，其他同学则一脸茫然。

我也不懂为什么有些同学要笑。

"这不就是抄袭《小王子》吗？"田中结花举起手说道。

"从题目看这篇读后感像是抄袭的，但内容其实不是。我看过这篇读后感，在《小公主》这个标题下还有个副标题——《读〈小王子〉有感》。不少同学都知道《小王子》吧？就是那本由一位飞行员写的世界名著。这篇读后感写的是：'我'想成为宇航员，去太空探险，然后写一本《小公主》，将这本书送给小公主的原型。

我都有点儿感动了。"

老师解释之后，田中便沉默地歪着头。她是在回想《小王子》写了什么吗？

大家开始猜这到底是谁写的。有人还在瞥周围的人。

"我可以当小公主。"

"你是樱桃小丸子吧？"

当话题越扯越远，教室里一阵喧闹的时候，有人小声地问："我们班有几个人想当宇航员来着？"

宇航员？一听到这个词，大家的目光都射向两个男生——岩崎修斗和井上光平。

在上学期的语文课上，老师让我们写过以"我的梦想"为主题的作文。很多人都记得，那时候写想当宇航员的就是这两个人。岩崎修斗的学习和体育成绩都很拔尖，因此大家觉得他有这样的梦想不足为奇。但是，井上光平想成为宇航员让人觉得简直是天方夜谭，因此他遭到了大家的嘲笑。

我也在心中嘲讽了他。就连小学生都知道，要想当宇航员，必须又聪明又强壮。

听老师的语气，我感觉这篇读后感的作者不是岩崎。

"啊？！"我情不自禁地发出了一声惊叫。

光平，这篇读后感是你写的？真的是你自己写的？

4

送作业大作战

　　班里有个不成文的规定——在作文集编好前，入选的文章对学生要保密。第二天，西村老师也说了，自己这种提前泄露内容的行为该受到"黄牌警告"。

　　前一天他提到那篇读后感时十分开心。如果《小公主》是岩崎修斗写的，那在作文集编好之前他应该不会特意提起。因为，岩崎写出让老师赞叹的读后感是理所当然的事情。

　　正因为不是岩崎修斗和田中结花，而是井上光平写的，西村老师才大吃一惊，想在全班同学面前表扬他。我感觉我能体会到老师的这种心情。

　　因为受到了所有人的关注，光平耷拉着脑袋坐在自己的座位上。

他仿佛是在表演"眼看着脸逐渐变红",脸蛋的颜色一直在变化。他的脸蛋像桃子一样,刚开始的时候颜色发白,随着时间的推移粉色渐渐浓郁,然后"熟透"了,成了红色。就是这样。

游泳也好,写读后感也罢,今年夏天,光平让我们全班都感到十分意外。

光平,你到底怎么了?到底发生了什么?

不只我,其他人也充满了疑惑。

话说回来,读完《小王子》这本书,写了一篇名为《小公主》的读后感,这根本就是抄袭吧?这样的文章不就跟搞笑节目里耳熟的段子一样吗?

但是,等我拿到作文集,读了《小公主》后,我感到无比震惊,甚至可以说瞠目结舌。我能理解西村老师的感受了。之后,我便揣测,这究竟是光平自己写的,还是他让他哥帮他写的。拿游泳水平等级打比方的话,这篇有趣的文章只有能力达到一级的人才可能写出来。

后来,当得知这篇作文在县里的读后感大赛中获得了仅次于特等奖的奖项时,大家都没感到意外,而且觉得理所当然。光平,已经不是过去的光平了。

"魔法日记本"这个词在我脑海中不停地闪现。在

市里的游泳馆更衣室里，我曾试探着说出了这个词。光平没有否定我的说法。"唔……怎么说呢……"他的回答很含糊，却给人一种肯定的感觉。我觉得他真的有魔法日记本。

那是他奶奶生前买给他的图画日记本。他奶奶说的"把你的愿望写上去吧"就像电影中那种很重要的遗言。

我的脑海中出现了一位老巫婆，以及从一团白雾中浮现的日记本。光平在那个日记本里写了什么呢？他是像巫师一样，拿着羽毛笔，蘸着魔法墨水写的吗？

想到这里，我的身体不由得颤抖了一下。这都是猜想，我必须去验证一下。

我在十一月迎来了一个绝佳的机会。光平感冒请假了，那天数学老师布置了一些作业。我决定把作业本送到光平家里。

我们俩经常去对方家，所以哪怕我不以送作业为借口，突然登门也不奇怪。但是，我想要一个光明正大的理由。怎么说呢？因为我觉得当天把作业本带给生病的同学是充满情谊的行为。我把作业本交给他之后顺便问问日记本的事，这算是双赢，而且没有任何可疑之处。

我在放学之前认真地漱了口，还去保健室拿了口罩。其实我也可以先回家，再去光平家，但是从学校直接去他家，他会更感动吧。

我为自己想出这个点子而得意，快步走向光平家。

"哎呀，小龙。谢谢你特意过来。"

光平的妈妈看到我来看望光平，十分喜悦。

"我把光平的作业本送来了，感觉今天送来会好些。"

我拍了拍背上的书包。

"你拿去给光平的话，他的感冒可能会传染给你。我拿过去行吗？"

光平的妈妈站在玄关，歪着头问我。

"没事的，我带了口罩来。我想和他说说话。"

当我从口袋里拿出口罩时，光平的妈妈露出了无可奈何的表情。

"热牛奶和冰果汁，你要喝哪种？"

"都可以。"

我脱下鞋，三步并作两步上了二楼。门上有一幅画，上面画的是小熊维尼，我对此很熟悉。

咚咚咚，我轻轻地敲了敲门。

应和着敲门声，我的心脏扑通、扑通直跳。在光平家有这种感觉，这还是第一次。我深深地吸了一口气。

"妈妈？"

门内传来了问话声。是光平。

"是我！我给你送作业本来了。"

我刚说完，里面就传来了跑步声，门一下子开了。

在光平惊讶万分的脸出现的瞬间，我差点儿叫出声。

光平的额头上贴了一块巨大的退热贴，它大到可以覆盖眉毛和发际线间的整个区域。

"谢谢……麻烦你了。"

光平一脸惊讶，眨了好几次眼。之后，我仿佛看到他的头上升起一个巨大的问号。他似乎在问我，为什么要特意过来。

我进入他的房间，看了看里面。双层床放在窗户旁边，窗前并排放了两张桌子。这是他和哥哥共用的房间，十分宽敞。我太羡慕他们了。

"我觉得早点儿给你比较好。还有，我很担心你。"

我把书包放下来，拿出数学作业本。今天的作业是分数计算题。

"医生说这只是小感冒。烧也退了，我明天就能去学校了。"

光平在睡衣外披了件外衣。他刚才是在睡觉吧。

"你在魔法日记本上写'早点儿好'了吗？"

"嗯？"

我自认为问得很自然，光平却一脸惊讶。他拿着作业本，瞪大了眼睛看着我。

糟了。我应该把这个问题放到后面问的，他可能已经猜到我特意来他家的原因了。

"我就是开个玩笑。你要是能用魔法，就不会感冒了，对吧？"

我坐到桌子前的椅子上，笑了笑，装作在开玩笑。

我希望光平说"对啊"之类应付的话，结果他居然沉默了好久。

然后，他把我递过去的作业本放到了自己的桌子上，说了句："你喜欢'魔法'这个词，对吧？"

他这话听起来有点儿居高临下的意味。我很不爽。

"你不喜欢吗？我们都一起看了好几次'哈利·波特'的 DVD 了。"

"虽然我喜欢'哈利·波特'，但那是电影，魔法什么的现实中——"

"现实中不存在？"

"嗯，不过幻想魔法存在的时候人会很开心。"

"那……你奶奶送给你的日记本呢？就是普通的日记本？"

"可能……不是普通的日记本。"

"那不就是魔法日记本？"

说着说着，我反而占了上风。

距离看到那个日记本，就差最后一两句话了。

在我思考下一句话怎么说的时候，有人敲门了。

"聊得怎么样啊？"

我和光平都没来得及回应，光平的妈妈就进来了。

她手中端着一个托盘，托盘上的牛奶杯冒出的丝丝热气像魔法烟雾一样袅袅升起。

5

神秘的图画日记本

　　要是光平的妈妈那时没有端着牛奶进来，那样的事就不会发生了。

　　到了第二天，我还是没能调整好自己的心情。光平似乎恢复了，早上来上学了。但是，我没找他说话，故意躲着他。

　　"昨天真对不起。"

　　吃完午饭，午休的时候光平走到我的座位旁。

　　"……"

　　虽然他向我道歉了，但我一句话也不想说。

　　"没烫伤吧？"

　　他这么一问，我顿时感到左脚的脚趾一阵疼。

光平看着我的脚，一脸难过的表情，眼泪仿佛要夺眶而出，样子有些令人心疼。

"这不怪你，你别担心。"

我安慰了他一句。

昨天光平的妈妈进入房间后，之所以重心不稳，是因为那只猫在她身边捣乱。那是一只在三花猫中十分少有的公猫，名为小太郎。它喵喵地叫着，绕着光平妈妈乱跑，害得她没拿住手中的盘子。

红色和绿色的杯子都掉到地板上摔碎了。里面的牛奶飞溅出来，溅到了我的左脚上。我吓了一跳，哇地叫出了声，但并没有烫伤。那个温度跟泡澡的水温度差不多。

之前逃到门外的小太郎立刻就回来了，开始舔牛奶。也许是因为流到了地板上，牛奶冷却了，这个温度的牛奶正适合小猫喝。光平的妈妈把杯子碎片都捡到托盘里，说了句"得拿块抹布来"，就出去了。

下一秒，门口传来两声巨响，那声音就像铜钹的响声。杯子碎片在地板上被震得乱飞。我和光平，还有小太郎，都震惊得颤抖了一下。

这件事看起来和魔法一点儿关系都没有。

原来是光平的哥哥回到了家，听到杯子碎裂的声音便飞快地跑了上来，结果和妈妈撞了个满怀。两人一个在门外，一个在门内，都摔了个屁股蹲。我们四个人和一只猫都吓得不轻，僵了好一会儿。

"如果你非要看，就给你看吧。"

过了一会儿，光平看四周无人，拿出了一个本子。

看到它的那一瞬间，"魔法日记本"这个词便再次在我的头脑中闪现。

太好啦！我就在等这一刻！我立马接了过来。

可是，我仔细看了看，这是什么呀！

封面的正中央是一张牵牛花的照片，下面写着"图画日记"几个字。这不就是小学一年级时我们写暑假作业用的那种本子吗？这么一说，我想起来了，光平在游泳馆的时候也这么说过。

"这就是你奶奶送你的日记本？"

"嗯。"

"我可以看看里面吗？"

"可以是可以，但内容很无聊。真的特无聊。"

光平脸稍微有点儿红，像是害羞了。

我翻到第一页。

"我想再见奶奶一面。"

这页没有图画，就这一句话。我翻到下一页。

"我想再见右原一面。"

这都是些什么呀？我心中多了两个问号。

再往后翻，每一页基本都只用铅笔写了一句话。

第三页。"我想再坐一次'希望号'。"

第四页。"我希望爸爸妈妈和好。"

第五页。"我想吃让我保持健康的美食。"

如果全是用拼音写的，那这些内容简直像是一二年级的小孩子写的。

第六页。"我学会了游泳!!! "

之后风格大变。第九页写的是"我在八月二十二日读完了《小王子》，第二天写完了读后感"，突然变成了一个长句子。第十页是这样写的，"我在暑假的最后一天去了右原家，把花和帽子送给了她"。

在暑假的最后一天，这本日记的内容结束了，总共只有十页。除去游泳和读书，其余的都是极为稀松平常的小事。

就这些？我翻看着日记，差点儿发出疑问。

只靠这些，"溺水王"就突然能游四十米，而且还写出了让西村老师赞叹不已的读后感？

我还是无法相信。肯定有什么戏法，或者小伎俩，

再或者有魔法的帮助吧。

"我想问一下，你开始时写的是'想'怎么样，但是后来变成写'做了'什么。你改变了写日记的方法，对吗？"

我将这本日记反复读了两遍，然后这样问光平。

"啊？！你注意到了？"

光平刚才还一脸害羞，现在听到我的问题，他的眼睛一下子就亮了。

"我不是因为完成了那些事才写做了什么什么的，而是想在做某件事之前写这件事已经完成了，达到鼓励的目的。"

"鼓励谁？"

"我自己。"

我听得一头雾水。

"为什么你会这样想呢？"

"因为我觉得在做某件事之前提前说我已经完成了，就能认真去做，所以就跟自己约好要先这样写。"

跟自己约好？这听着怎么像是好学生的口气？

你真的是井上光平，那个笨手笨脚、运动学习样样不行的光平？

"是你哥哥教你的吗？"

"不是啊，这是我自己想出来的。在写日记的时候，突然灵机一动，就稍微成长了一点点。"

说着，光平的鼻子又微微抽动了一下。他似乎有些得意。

成长？老师如果听到了，可是要开心得哭起来的。喂，你到底怎么了，光平？

在将日记本还给他之前，我又迅速地翻了一遍。可是，不论我读得有多慢，从第一页读到最后一页都用不了一分钟。

读到一半，我突然感觉有什么不太对劲，那就是"右原"这个人名。

第二页。"我想再见右原一面。"

第十页。"我在暑假的最后一天去了右原家，把花和帽子送给了她。"

日记中有两处提到了这个人的名字，这是一个我从未听说过的人。仔细观察后我发现，"右"这个字的撇稍微长一些，看起来就像是在"石"字的撇上端加了一截。

"右原是谁？她不在末广小学吧？"

我不经意地问道。

光平的脸色突然变了。拿动画片里的特效打比方的

话，他的脸就像突然裂开了一样。

光平从我手中拿走了日记本，然后眨了好几次眼睛，说道："是我的亲戚。我们也不是很熟。"

他的脸蛋和眼睛都比刚才红了。

哦？光平居然会去不熟的人家里，还送了花和帽子给她？这事儿也太奇怪了。

6

模仿井上光平

老实说，光平的图画日记本令我很失望。它就是那种最普通的本子，内页和铅笔写下的文字也没有特别之处。或许因为放得太久了，这个日记本还散发着一股霉味。只要在上面写写就能实现愿望，这不是天方夜谭吗？

但无法否认的是，光平凭借这个本子收获了很多。在市里的游泳馆里，他在我面前顺畅地游完了五十米，他写的《小王子》的读后感还在读后感大赛中获奖了。所以我想，要不我模仿一下光平吧。

虽然模仿别人让我感到有点儿不服气，而且还有些鬼鬼祟祟的，但是如果这样能实现愿望，那试试也无妨。

毕竟老师常说，要勇于尝试。

这么一想，我想立刻去买一本图画日记本。

十二月的第一个周末，我去附近的文具店逛了逛。车站附近的商业街已经摆上了圣诞树，还不停播放着《铃儿响叮当》。文具店的门口也设置了圣诞贺卡和贺年卡的专卖区。

店铺里摆放着小学生用的各式各样的本子，但是唯独没有图画日记本。

我在网上商城查了一下，终于发现了自己想要的东西。虽然封面上画的是向日葵而不是牵牛花，但是这本图画日记本和光平的那本是同一款式的。家里不允许我自己在网上购物，所以我拜托妈妈帮忙买一本。

"应该有高年级学生专用的日记本吧。你确定就要这种给一二年级学生用的？"

妈妈看着电脑屏幕，疑惑地问。她有这样的担忧很正常。可是，我要是说了理由，她肯定会更加疑惑的，因此我没有告诉她具体的原因。

妈妈点击了"加入购物车"，然后下单。

在等待快递的这段时间，我一直在思考两个问题——我该写什么？什么时候开始写？

我有很多想写的。如果把微不足道的愿望、宏大的梦想，甚至幻想都算进去的话，我可以立马写出十来页。这时，我想到了光平的日记本中的最后两个愿望，它们给我留下了深刻的印象。

第九页写的是"我在八月二十二日读完了《小王子》，第二天写完了读后感"。

第十页写的是"我在暑假的最后一天去了右原家，把花和帽子送给了她"。

这两个愿望都包含了日期，比其他愿望更加具体。这样写的日记哪怕没有魔法，背后也可能有某种神力在发挥作用，所以愿望才更容易实现吧。

"某种神力"。当这个词语掠过我的脑海时，我想起了在车站附近的商业街听到的《铃儿响叮当》，然后就自然而然地想到了圣诞老人。

对，如果要从十二月开始写，那就从平安夜开始吧。平安夜似乎是一个神圣的夜晚，寓意很好，也许我可以从圣诞老人那里获得好运气。那天或许是最适合许愿的一天。

我很喜欢自己的这个点子。我只是看了眼房间墙上挂着的月历，便觉得无比兴奋，于是大喊了一声："太

棒啦！"我虽然还没收到日记本，但已经充满了雄心壮志，想去挑战一切。

光平也是抱着这种心情开始写日记的吗？

7

平安夜到了

　　终于，那一天到了。十二月二十四日，平安夜。除了我们一家四口，爷爷也来了。我们吃了一顿丰盛的晚餐，仿佛参加酒宴一般。前年的平安夜奶奶还在，但是去年她去世了。

　　也许是因为这个，爷爷有点儿精神不振，于是他辞去了幼儿园园长的职务。现在他似乎只担任顾问，偶尔去幼儿园露一下脸。

　　刚开始他拒绝来过平安夜，说自己有点儿感冒。我在电话里苦苦地央求他再扮演一次圣诞老人，他才同意来。爷爷孤身一人住在老家车站附近，坐电车过来大约要二十分钟。

我从小就很期待在平安夜装饰圣诞树，大口吃蛋糕、炸鸡。爷爷每年都会戴着圣诞老人的红帽子，粘上长长的胡须，送给我和姐姐一只大大的装满礼物的圣诞袜。

　　"圣诞快乐！"爷爷会这样说。

　　"圣诞快乐！"我也会回应一声，并端起橙汁和他碰个杯。

　　那种装点着彩灯的圣诞树比我还高，在一二年级的我看来，那就是一座山。到了四五年级，我感觉圣诞树变矮了，因此过平安夜也没之前那么激动了。今天我帮妈妈把圣诞树从壁橱里搬出来的时候，不知为何突然觉得这事很幼稚，一下子就泄了气。

　　姐姐皱着眉头说道："不想出力了？你不搬我搬。"

　　"我要退休了，不当圣诞老人了。"

　　爷爷坐下来后，说的第一句话就是这个。他落寞地笑了笑。

　　"您不要退休，爷爷，您一直当到我小学毕业吧。"

　　我用孩子的语气，或者说，用孙子的语气求他。

　　"对呀。你们都很期待，对吧？"

　　妈妈把蛋糕放在桌子上，看了爸爸一眼，像是在请求支援。

爸爸一边准备切蛋糕，一边用力点了点头。

姐姐看着手机，没有参与对话。真没礼貌！

爷爷像是有些为难，动了动嘴唇，看着我。

"如果圣诞老人来，我就把我的小秘密告诉他。这个秘密我只跟圣诞老人说。"

我像一个上了发条的人偶那样摇头晃脑地说。

"秘密？噢，什么秘密？"

"我只跟圣诞老人说。"

我这么一说，爷爷的眉毛便飞快地上扬了一下。

然后，他就跟我预想的一样，模仿着圣诞老人，大声地说了句："圣诞快乐！"

"圣诞快乐！"

我们都应和了起来，然后喝起了橙汁。

吃完饭后，我和爷爷在我房间里聊天。

姐姐在帘子后面。不过，她在打电话，所以应该不会听到我们聊天的内容。

"我决定，从今天起开始写日记。"

"那很好啊。我以前也写日记。"

"我要用一个能让我的愿望成真的日记本写。"

"咦？是什么样的本子？给我看看吧。"

爷爷坐在折叠椅上，用手摸了摸下巴。

我看向他的脚，发现他右脚的袜子上面有个小洞。爷爷跟小孩子一样。

"还不能给您看呢，因为它是秘密日记本。爷爷，您用的是大人用的那种日记本吗？"

"不是，它就是个小日记本，大概就这么大。"

爷爷一边说，一边用双手的大拇指和食指比画出一个长方形。

"那您写什么呢？"

"年轻的时候，我不仅会写当天发生的事，还会写自己的愿望和梦想。"

"您的日记本还在吗？"

"啊，谁知道呢。在储物柜里找找，应该能找到吧。"

"要是找到了，就给我看看吧。我现在对日记本很感兴趣。"

"好啊，找得到就给你看。作为交换，小龙你也要把你的给我看呀。"

"那……下次我去您那里玩的时候，我们再去一次游乐园，好吗？"

"好。"

爷爷的这个"好"字说得很轻。

爷爷家附近有一座游乐园，小时候我很喜欢让他带

我去那里玩。现在去我也会很快乐，可是那里没有迪士尼乐园里的那些大型游乐设施，所以我已经不会像过去那般激动了。

随着年龄的增长，我似乎越来越难感受到小时候的那种快乐了。

想到这里，我的脑海里突然浮现出了一个可以写在日记本里的愿望——和爷爷去了游乐园。

我并不特别想去那里，只是希望爷爷能像以前那样充满活力。

奶奶一直很健康，却在去年一次全家聚餐的三天后去世了。她的心脏突然停止了跳动。也是在那时我才知道，人是一种随时会死的生物。

"爷爷，咱们什么时候去游乐园呀？"

"天气暖和了再去吧。我很怕冷。"

"那春假① 去吧？四月一日可以吗？"

"好呀！小龙你快六年级了吧？"

爷爷把手放在我头上，眯着眼笑了。

---

① 日本学校会在每年3月下旬到4月上旬放假两周左右。这个假期被称为"春假"。

8

愿望会实现吗?

"四月一日,我和爷爷去了游乐园。"

刚开始还是写一些比较容易实现的愿望吧。

而且,这句话中的日期是四月一日,如果愿望没实现,我还可以推给愚人节——一句"我开玩笑的"就可以完美解释。

光平写了十个愿望,而这十个愿望居然全都实现了。我不想失败。我隐约感觉,如果有一个愿望没有实现,那后面的愿望就会像多米诺骨牌一样,接连难以实现。我不想让这样的事发生。

现在离新年只有一周了。在新年到来之际,我该写些什么呢?我在脑海中梳理了一下一月到三月之间自己想要体验的事情，以及想实现的愿望。

新年我想多得到一些压岁钱。爸爸每年给的压岁钱金额等于"一千日元 × 年级"，所以相比头一年，每年都会增加一千日元。那么，在即将到来的新年，他将给我五千日元。爷爷给我和姐姐每人一万日元，并让我们别跟爸妈说。有的年份，亲戚会来我家拜年，所以我们还会额外得到五千日元。

我想写一句："一月一日到三日，我得到了两万日元压岁钱。"

要是亲戚不来，这个愿望就实现不了。

一月还有空手道的晋级考试。这件事光是想想，我便感到无比沉重。

从去年春天开始，在爸爸的要求下，我每周必须去上两次空手道课外班，因为我三年级的时候被同学欺负，哭着回了家。爸爸看到我那样，说了句："你要成为强大的人！"

可是，我一点儿也不喜欢空手道——一种戴着护具模拟打架的练习。入门一年后，我们要参加晋级考试，大部分人都会晋级。从白带晋级为黄带，这看起来很厉害。

我已经参加了三回晋级考试，但还是白带。因为在组手比赛，也就是一对一对决中，我一次也没赢过。下一次晋级考试在一月二十日。我本来不想参加，但是既然已经报名了，我就想顺利晋级，获得帅气的黄带。

说到等级，"汉检①"也有等级。我们学校很重视"汉检"考试，每年所有学生都要参加这项考试。只要认真学习，一年级就能到十级水平。一年级学生的正常水平是十级，二年级的是九级，此后一年升一级。

"汉检"考试一年有三次。末广小学通常会在每年的六月份组织学生参加这项考试，通过率在80%左右。我在三年级结束时，顺利地通过了"汉检"八级考试。但是今年六月份，我没有通过七级考试。这并不是因为我笨，而是因为考试那天我身体很不舒服。

姐姐通过了六级考试，光平通过了七级考试。

没通过的学生要在次年二月再考一次。那时谁要是还没通过，就会被班上同学嘲笑。

"我在二月十三日通过了'汉检'七级考试。"

我想在日记本上这么写。可是，如果我又没通过，怎么办?

我觉得应该没问题，但还是不敢把这句话写上去。

---

① "日本汉字能力检定"的简称，这项考试测试的是汉字应用水平。

"失败"这个词轰地一下占据了我的脑子。

三月会发生什么来着？

一思考这个问题，我就有点儿心灰意冷。三月学校会举办校内长跑比赛。

去年男生女生加起来共有八十五人参赛，我在其中排第六十名。我本来就不擅长跑步，又在比赛途中扭了脚，后半场都是拖着脚跑的。如果我发挥出了实力，排名肯定能靠前一些。

"我在三月二日的长跑比赛中进入了前五十名。"这句话还是可以写的吧？

不过，我在体育课上学过，五年级的时候，女生的体力会增强，甚至会超过男生。如果真是这样，那这个愿望看起来也不容易实现。

多得些压岁钱、空手道晋级，还有长跑比赛进入前五十名，只要写在日记本上就能实现吗？我完全没有把握。

爷爷答应我四月一日去游乐园，这个愿望应该会实现吧？

对了，说起来我还有一项寒假作业，那就是每年的惯例——新春试笔^①。

五年级之前，老师会提前定好我们新春试笔要写的内容。但是从五年级开始，我们就可以用四字熟语^②自由书写新年的期许了。不过老师说了，写"烧烤套餐"和"一日五餐"这种闹着玩的话是不行的。

"我在写新春试笔作业时完美地写出了'矢志不渝'并交了上去。"这个愿望怎么样？

我没有把握自己能"完美地"把它写出来，但是可以保证认真写完并交上去。

不过，老师可能会问我："你有什么志向呢？"如果他真的这样问，我该怎么回答呢？

难道我要说，在谈志向之前，将新春试笔作业成功交上去就是我的梦想和追求，我还把这写到了日记里？

我越想越烦，用脑袋砰地撞了一下桌子。

"吵死了！小龙，安静！"

就在我心情不好的时候，姐姐那粗鲁的声音从粉色帘子的另一边传来，让我更加烦躁了。

"一月一日到三日，我得到了两万日元压岁钱。"

---

① 日本人在新年里第一次写大字，是日本人传递新年祝福的方式之一。
② 一类由四个汉字组成的词语，类似于汉语中的成语。

"我在写新春试笔作业时完美地写出了'矢志不渝'并交了上去。"

"我在一月二十日通过了空手道的晋级考试,拿到了黄带。"

"我在二月十三日通过了'汉检'七级考试。"

"我在三月二日的长跑比赛中进入了前五十名。"

"四月一日,我和爷爷去了游乐园。"

如果把这几个愿望写进日记本,可以写六页纸。但是,其中比较有可能实现的愿望只有一半,其他的能否实现只能看运气。

"运"。

这是我三年级学的汉字,跟英语中的 luck 是一个意思。运气越好,愿望成真的可能性就越大。

姐姐经常用 luck 这个词。她会说,在羽毛球双打比赛中,有一个特别厉害的队友,这是一种 luck;在"汉检"考试中,题目里有很多认识的汉字,这也是一种 luck。实力当然很重要,但是一个人如果运气不好,就无法发挥出全部实力。我跟姐姐相比,难道少了很多运气吗?

我原本准备在平安夜开始写愿望,但是一直在纠结写什么好,结果白白浪费了三天。我越想越觉得难以下笔，差点儿被压力击垮。

或许我当初就不该看光平的图画日记本。光平写在上面的愿望全都实现了，这非常吸引我，但是现在我却感到很害怕。

我把从网上买的日记本放到桌面上，盯着画有向日葵的封面。就是因为这个日记本我才这么不安的，索性把它扔掉吧。

就在这一刻，我灵光一闪，想出了一个主意。我把这六个愿望都写上去，只要有一个没实现，我就把这个日记本扔掉，再买一个新的，就当我之前没写过这些愿望。

我对这个主意很满意。我心中积攒的郁闷情绪瞬间全部消失了。要是用一个四字熟语来描述我此时的心情，那就是"焕然一新"。我吹着口哨，用低年级学生经常写的那种巨大的汉字，在低年级学生用的图画日记本上一口气写了六页。

9

多米诺骨牌般接连成功

新年期间，发生了一件令人意想不到的事。一月二日，我的小姨突然来我家拜年，给了我和姐姐压岁钱。正好每人五千日元！

这位小姨我之前很少见到。但是我听说，最近她有些事想找我妈妈商量，所以时隔五年又来我家拜年了。

我已经从爸爸和爷爷那里获得了预料之中的压岁钱，所以日记本第一页的愿望完美实现了。在新春试笔的日子里我的压岁钱总额达到了两万日元！我兴高采烈地拿出练字的用具，写下了"矢志不渝"几个字。

在一月二日我便实现了两个愿望。不错嘛，龙野。就是这种感觉。

希望我以后还能被幸运女神眷顾。我面向日记本双手合十祈祷着。

最难的是一月份的空手道晋级考试。老实说，我没有把握。因为在课外班的同龄人中，没有人比我还弱。靠实力我完全不行，不过运气好的话，也许还能和人打个平手。

如果我能跨越这道难关，也许就能一鼓作气，如多米诺骨牌般接二连三地成功。

我怀着美好的愿望期待着，却在晋级考试的前一天生病了。

我肚子很疼，去了好几趟厕所，然后感到身体发冷，用体温计一测，体温竟然达到三十八点二摄氏度。幸运似乎并没有降临，我被卷入了不幸的旋涡。

我早早睡了，第二天早上体温降到了三十七摄氏度左右。我得的好像不是流感。但是，在这种状态下我大概不能参加组手比赛了。

"今天你请假吧。妈妈会给茂木教练打电话的。"

妈妈看着体温计，担心地说道。

确实，今天还是休息一下比较好。但是，我还是白带，如果不参加这一次的晋级考试，一起上课的其他同学肯定觉得我是在故意逃避。他们虽然不会明说，但是肯定会鄙视我。我不想这样，我也是有自尊心的。

我又有了一个想法：如果我生病了还去参加考试，或许会被教练夸吧？没准他还会让我晋级呢。

"我自己去跟教练请假。"

我说服了妈妈，带着装备出门了。

我骑车去空手道馆，连十分钟都没用到。

茂木教练一看到我便把手放到了我额头上。

"你这是感冒了吗？"

"嗯，应该是，但是我会努力的。"

我轻轻地咳了一下，回答道。

教练观察了一会儿我的状态，说道："那今天的晋级考试，我来跟你对打吧。"

咦？之前从没有这样过呀？教练要是攻击我，我肯定一下就被他踢飞了。怎么办？

我戴好防护面具和拳套。

"你只管进攻，把我逼到场外。"

教练在我的耳边低语道。

他准备好后，一声令下："开始！"

太鼓咚地响了一下！神奇的是，一听到这个声音，我的身体就下意识地动了起来。

我向茂木教练那边猛地一冲，使出了拳法和腿法。

虽说我拳脚并用，但动作很凌乱，我感觉自己只是在撞击教练硕大的身体。比赛中的大部分时间我都在重复这个动作。

太鼓声又响了。结束了。我双脚扭在一起，摔倒在教练脚下。我差点儿晕过去。

"很好！你坚持到了最后一分钟，山下。恭喜，你晋级了！"

就这样，我出乎意料地通过了空手道晋级考试，升为黄带。我所期待的如多米诺骨牌般的接连成功在我晋级黄带的瞬间，真的实现了。之后，我顺利地通过了"汉检"七级考试，长跑比赛得了第四十七名。

长跑比赛期间，很多人得了流感，最终只有七十二人参赛。上一次比赛我在八十五人中排第六十名，所以在这两次比赛中，比我排名靠后的都是二十五人。即便如此，我还是实现了进入前五十名的愿望，所以我可以光明正大地为自己感到骄傲吧。

"我跑进了前十。"

姐姐一副高高在上的样子，一点儿也瞧不上我的名次。烦死了，臭丫头！

遗憾的是，之前一直跟我水平差不多的井上光平这次超过了我。在离终点一百米左右的时候，很多人都累得拖着腿往前跑，冲刺的人和不冲刺的人之间能拉开很大距离。我们所用时间差不多，但是光平冲刺了，他是第四十二名。啊，我又输了！

10

石原夏树的照片

六年级的毕业典礼结束后，在回家的路上，我和光平聊起了日记。那是一个下午，雨过天晴，天空中悬挂着一道巨大的彩虹。

毕业典礼那天一年级到四年级的学生都在家学习。而我们五年级的学生可以作为观众参加六年级的毕业典礼。这可能跟体育馆可容纳的人数有关。我和光平都是第一次参加毕业典礼，所以都有点儿震惊，还有些感动。

毕业生唱着《启程之日》，在家长和在校生的掌声中退场。毕业生中很多人都热泪盈眶。

就连之前一直说自己绝对不哭的姐姐也红了眼圈。

明年就轮到我们毕业了。我们也将这样退场，去不同的中学。一想到这个，我便感到激动和期待。

"你哥哥是要去末广中学吧？"

出了校门，我问走在前面的光平。

"是吧。"

光平转过头来，一脸你怎么明知故问的表情。

"哦，我就是确认一下。"末广中学和末广小学同一个学区，都是公立学校。

不知道是不是因为距离毕业还有好长时间，五年级学生中几乎没有人关注升学这个话题。

听姐姐说，末广小学的毕业生中，每年去私立中学的人和去公立中学的人各占一半。想上私立中学的人从六年级之前的暑假就开始紧张地准备选拔考试，跟要去公立中学的人自然而然地分成两个阵营。

"末广中学离这里很近，应该很好吧？"

我走到光平旁边，我以为他也打算去公立中学。

"龙野，你姐姐去哪儿？"

"我家的孩子都去公立中学。明年我们也要去吧？"

"嗯……大概吧。"

咦？光平居然给出了模棱两可的答案！他是在含糊其词吗？

"也就是说你也可能去私立中学？"

"我正在想呢。"

光平瞥了我一眼，低下了头。

不会吧？光平不会想去私立中学吧？要是我面前的是去年夏天之前的光平，我根本不会这么想。

但是，自从那本图画日记本出现后，情况就变了，彻底变了。不光是在游泳和写读后感这两件事上，这个叫"井上光平"的人整体给人的感觉都变了。如果用动物打比方，那他就像羽化了的蝴蝶，或者蜕了皮的蛇。如果用成绩单上的评语来评价现在的他，那就是"生活习惯良好，学习热情高涨，态度端正"。课堂上的井上光平不再东张西望或打瞌睡，哪怕被老师点名提问，也能对答如流。

"你把上初中的愿望也写进那本日记了吗？"

"才没呢。我打算今年暑假再集中写日记。"

光平一边说，一边仰望着天空中的彩虹。轻轻地吐了一口气之后，他冷不丁地问道："龙野，你也开始写日记了？"

这个问题的提出就像是象棋比赛中不经意间的形势逆转。

新年过后，我们还是很好的朋友，午休的时候会聊会儿天，偶尔下下象棋，也互相串门。

但是，我们从来没有深入聊过日记本的事。我觉得我们俩都在尽量回避这个话题。从我看过光平的图画日记本起，时间已经过了四个月，这一天是我们第二次提起这件事。

"我当然在写了，这还用说。"我想这么回答他。迄今为止，我五战五胜。只要之后能和爷爷一起去游乐园，那我就全胜了。

就在我打算这么说时，不知为何心里有个声音叫住了我。

我回想了一下自己所有已经实现的愿望。

"一月一日到三日，我得到了两万日元压岁钱。"

"我在写新春试笔的作业时完美地写出了'矢志不渝'并交了上去。"

"我在一月二十日通过了空手道的晋级考试，拿到了黄带。"

"我在二月十三日通过了'汉检'七级考试。"

"我在三月二日的长跑比赛中进入了前五十名。"

对我来说，日记本上的每一句话都是目标，都是想要实现的愿望。

但是，"汉检"七级考试，光平上次就通过了；长

跑比赛，我也没赢过他。一想到这些我就有点儿恼火。就连空手道的黄带，也像一个安慰奖。

我交上去的新春试笔作业就是最普通的那种，跟光平的读后感不在一个层次。

到了嘴边的话又被我吞回了肚子，我被呛到了。

毕业典礼后的第二天，我刚进教室就发现，教室里的氛围跟平时不太一样。

好几个人围在一张桌子旁，低头谈论着什么。

"好漂亮！"

"她就跟明星一样！"

不论男生还是女生，都很兴奋。

我在人群外踮起脚，看了眼桌子上的东西。

我看到一张大大的照片，上面是一个女生。

"这真的是石原吗？"一个男生问道。

"是啊。这是小树寄给我的。她昨天还在手机上跟我说了她的近况，让我跟大家问好。"

一个女生回答道。她是班长立花美雪。这一圈人围着的就是她的桌子。

听到"石原"，我还没有反应过来这个人是谁，但是一听到"小树"这个名字，我立刻就想起来了。这个人是石原夏树，去年三月她转学了。她和立花一样，性格温和，全班同学都很喜欢她。我记得，当老师告诉我们石原要转学的时候，班上好几个人难过得哭了出来。

之后我仔细地看了看桌子上的照片。

咦？这是石原夏树？是之前在我们班的那个人？

用"明星"这个词来形容她一点儿都不为过。她跟电视上的偶像歌手一样漂亮，看起来像个中学生。

整间教室都沸腾了，但是有一个男生却孤零零地站在窗边望向窗外。那是光平。他仿佛在另一个世界，或者说，像被一道透明的屏障罩住了。

"你看了吗？"

我推了推他的肩膀。

"啊，嗯。"

听到这个回答，我也不知道他到底看了还是没看。

"真是女大十八变呀。"

"……"

以前，石原就住在光平家隔壁。我听说，这两人幼儿园的时候就是朋友了。石原转学之后，光平肯定感觉很孤单。

"石原是光平的——"

就在我准备安慰他的时候，我突然想起了什么。

之前他给我看的图画日记本里，有个地方引起过我

的怀疑。

对了，就是"右原"这个名字。不知为何，我觉得这个名字很奇怪。有一部分像是后来加上去的。

我觉得自己变成了名侦探柯南。我停止了和光平的对话，开始各种天马行空的推理。

11

获得秘密魔法笔

　　四月一日一大早就下起了小雨。因为今年春假放到四月六日，所以我还纠结了一下要不要改天再去游乐园，但最终我还是按原计划和爷爷去了那里。这是为了实现之前写在第六页的愿望，也是为了遵守与爷爷的约定，给他看我的日记。

　　尽管这天放假，但由于天气不好，游乐园里游客很少。摩天轮、旋转木马，还有转转杯，都不需要排很久的队就可以坐。

　　我一边舔着从小卖部买来的冰激凌，一边问爷爷："我们坐哪个呀？"

　　爷爷看了一圈园内的设施，说："那个吧。"

他指着色彩缤纷的摩天轮。那上面有许多座舱在慢悠悠地上升。

其实不用问我也知道答案。爷爷一直很喜欢坐摩天轮。爷爷说过，旋转木马和转转杯都让他头晕目眩。

有两家人排在我们前面。轮到我们时，眼前是一个绿色的座舱。

"轮到我们啦！"

爷爷双手抱着一个旧包，走了进去，扑腾一下坐到了座椅上。就在那一刻，整个座舱像一个巨大的钟摆，猛烈地摆动了一下。

此后的二十分钟里，我们将在天空中以一种极其缓慢的速度上升、下降。

低年级的时候我也很喜欢坐摩天轮，因为可以在高处仔细地眺望平常难以见到的景色。但是，最近我觉得摩天轮慢悠悠的，有些乏味。或许是因为坐了好几次的我已经看惯了这里的风景，或许是因为我成熟了一点儿？

"噢，看到了，看到了。我的家，你看，在那儿呢！"

爷爷把脸靠近玻璃，跟我说道。

"真的！就跟模型一样！"

我随声应和道。

　　每次坐摩天轮爷爷都会说一样的话。或许他不记得之前这样说过了。

　　即便如此，只要看到爷爷的笑容，我就觉得很快乐，特别是这次我还写了日记。

　　在摩天轮转了四分之一圈的时候，爷爷拉开了放在腿上的包的拉链，说道："对了，还有这个。"

　　爷爷先拿出了一个小小的相框，接着拿出了一个装丸子的纸袋。

　　啊，在摩天轮上应该不能吃东西吧？

　　就在我准备提醒爷爷时，他把相框翻了过来。

　　相框里的照片上是奶奶那微笑着的、慈祥的面容。这张照片上的奶奶比我记忆中的要年轻一些。以前她每次都会和我们一起来游乐园，直到去年去世。

　　"你奶奶喜欢御手洗丸子①。"

　　纸袋里面放了三串淋过酱油的丸子。之前我在爷爷家吃过这种东西。

　　"在这儿吃吗？"

　　"偶尔吃吃没关系。这里很特别。我们一人一串。"

---

① 御手洗丸子：日式点心，一种用葛粉和日本酱油做的丸子。

他似乎把已经去世的奶奶也算进去了。这丸子算是一种供品吗？

爷爷将相框里的照片朝向窗外，以便让奶奶看到外面的风景，然后吃起了丸子。

就在三天前，我写了四页日记。用的不是铅笔，而是圆珠笔——能够实现愿望的特殊圆珠笔。在车站附近的柳树路上，我偶然拐进了一条小巷子，发现了一家店铺。那是一家小杂货店，里面凌乱地摆满了帽子、鞋子、钱包、腰带……为什么这种小店里会有哈利·波特用的那种羽毛笔？

在我看到它的瞬间，我的身体剧烈地颤抖了一下，仿佛过了电一般。在"哈利·波特"系列的第一部电影《哈利·波特与魔法石》中，哈利为了做好进入魔法学校的准备，在一条小巷子里买了许多东西，比如魔杖、猫头鹰……其中好像就有羽毛笔。

我所在的柳树路一侧种植着一排柳树，柳树枝叶随风飘扬，所以这里也被人称为"柳巷"。

《哈利·波特与魔法石》里的那条巷子的名字我记不清了，但是我觉得自己能在这里发现羽毛笔应该基于某种缘分。没准这还跟魔法有关。我的脑海中产生了这样的念头。

店铺里的叔叔说这支羽毛笔就是一支圆珠笔，能够正常写字。它要七百日元，有点儿贵。但是，这或许是命中注定的相遇呢？我一定要将它收入囊中。

我看了眼钱包，里面只有一枚五百日元的硬币。我以冲刺的速度飞奔到家里，从存钱罐里掏出了另一枚五百日元的硬币。

用这支笔写下愿望的话，即使是比之前那些愿望还要难以实现的愿望，也会实现吧？

我对这支笔充满了期待，于是决定称它为"秘密魔法笔"。

那天晚上，我思考了两小时，在脑子里构想了许多愿望。然后，第二天早晨，我一起床便立刻在日记本的第七页到第十页写了几句话。

"我在四月七日开学那天坐到了自己喜欢的座位上。"

"我在五月十五日的运动会上担任啦啦队队长。"

"我在六月二十五日的校内跳绳比赛中，进入了前三名。"

"我在七月二十日的散学典礼上拿到一张写有五个A的成绩单。"

我在摩天轮上把我的日记本给爷爷看了。

在写这几个愿望时，我没用常用的铅笔，而用了那支羽毛笔。这点儿变化让这几页的内容看起来更加可靠。还有几天，我就要成为末广小学最高年级的学生了。

"哦，这是去年的事？"

爷爷问道，他再次将相框里的照片朝向窗外。

"不是的。我在预言今年即将发生的事。"

我一边翻页，一边抬头挺胸地说道。

将未来的事当作已经发生的事写下来，光平的这个点子确实很棒。毕竟就是这个点子让他的十个愿望全都实现了。我也要和光平一样，达成十连胜。这是第一阶段的目标。

一旦将秘密魔法笔收入囊中，我就要让愿望像被施了魔法一般实现。这是第二阶段的目标。如果拿哈利·波特的故事打比方，光平现在还是罗恩，我山下龙野是哈利·波特。我想赢过光平，向他证明我的实力。

"这个校内跳绳比赛，是什么活动？"

"这是我们学校组织的活动，比谁跳绳更厉害。有编花跳、双摇跳，还有三分钟限时跳。每个年级每个项目都会决出前三名。这些人的名字会被写到学校的公告栏里，保留整整一年呢。"

"那下次学校开放日的时候我去公告栏看看。小龙，你有信心进入前三吧？"

被爷爷这么一问，我反而难以回答了。

比起长跑，我更擅长跳绳。说起跳绳，我目前的最好成绩是编花跳年级第二十一名。这个项目跟并脚前摇跳和并脚后摇跳比起来，更讲窍门。不过，我肯定进不了前三名。哪怕很多排名靠前的人被绳子绊倒了，我也顶多能进入前十名，这已经是极限了，所以我才需要一种像魔法一样的特殊力量。

"啦啦队队长不是很辛苦吗？"

"非常非常辛苦，所以我要挑战一下。因为我想尝试一回炫酷的角色。"

"哇，你什么时候变得这么勇敢了？"

"大概是从去年平安夜开始的吧。愿望写到这个日记本里，就会成真呢！"

"就像魔法一样啊！"

"是呀。我还有秘密魔法笔呢。"

听了我的讲述，爷爷发出了意味深长的感叹声。他将视线暂时从窗外移开，一动不动地盯着我，令我有些难为情。

"那么你开始特训了吗？"

"什么特训？"

"练习跳绳呀，学习怎么加油助威呀。多得几个 A

似乎也挺难的。"

爷爷露出了怀疑的神色。

"特训""练习""努力"这些词听上去有些幼稚，更准确地说是很土。只要我们在心中虔诚祈祷，愿望就会实现。这就是精诚所至，金石为开吧。这跟魔法也有些联系，不是吗？

"能干脆利落地完成困难的事，我觉得很酷。"我说。

"酷？认真练习不也是一件很酷的事吗？"

"那一点儿都不酷。任何人只要练习了，就会有进步吧？"

"怎么说呢。如果不坚持练习、持续努力，就不会有进步。我觉得并非每个人都能轻而易举地取得进步。"

爷爷变得有些严肃，就跟我们学校的校长一样。

"只靠普通的练习和努力，人是不会进步的。"

"为什么？"

为什么呢？因为不够酷。我感觉我无法用更简单的语言向爷爷解释清楚。

光平也只是写了一句"我学会了游泳！！！"，就变成了游泳达人。这是件很了不得的事，令人感到难以置信。我和他一起去了一次市里的游泳馆，我知道他的练习并不是严格意义上的规范的练习。我觉得，虽说他哥

哥教了他换气方法，但图画日记本才是他进步的关键所在。

"对了，爷爷，您以前的日记本找到了吗？"

"啊，抱歉。我忘了找。下次一定记得。"

刚才爷爷还一脸严肃地看着我，现在他已经变回了平时的样子。

不知不觉间，摩天轮降得很低了。我把日记本放回书包，拿出了提前准备好的另一样东西。

"爷爷，给您。这是给您的礼物。"

这是我在杂货店买羽毛笔的时候顺便买的袜子。当时我买下羽毛笔，手里还剩三百日元，正好可以买一双袜子。想起爷爷袜子上的洞，我就买下了这双袜子。这是一双红色的袜子，跟圣诞老人的帽子像是一套的。

"哎呀，你送我这么好看的礼物啊。谢谢啦！"

"红色象征热情，穿上这双袜子您就会精神百倍！"

"是呀，以后只要没精神，我就穿这双袜子吧。"

爷爷一边说，一边将袜子和奶奶的照片放到了包里。

12

出师不利？

　　新学年开学第一天，我们六年级二班的新教室像商场一样热闹非凡。无论男生还是女生，所有人都在热烈地谈论开学典礼后要举办的大型活动。

　　这时西村老师来了，说要抽签决定新学期大家的座位。这个方式是在五年级最后一次班级活动时，西村老师和同学们商量之后决定的。为此，大家还商定了排座位的规则。

　　规则一：比较矮、视力比较差的人坐教室前一半的座位。

　　规则二：比较高、视力比较好的人坐教室后一半的座位。

规则三：每个人都跟异性做同桌。

在遵循这三个规则的基础上，谁坐在哪个座位上完全靠抽签决定。以后每个学期开始时，我们都重新这样抽签来决定新学期的座位。

包括我在内的大部分人都赞成每个学期换一次座位，这样就能在一年内多次体验激动之情和新鲜感了。

第一次排座位就要开始了。

"我在四月七日开学那天坐到了自己喜欢的座位上。"

我写在第七页的愿望是能够影响我六年级第一学期整体运势的重大事件。如果这个愿望能实现，那我就七连胜了，这也有助于后面的愿望顺利实现。

在用秘密魔法笔写第七页的愿望之前，我搜肠刮肚，思考着应该如何描述它，为此想了好几个方案。最先想到的是："我在四月七日开学那天，成为立花美雪的同桌。"立花美雪是我在班上最想结交的同学。她的身高和我的几乎一样，按照抽签规则她会坐到教室前一半的位置。我们班男生、女生各有十六人，所以我和立花美雪做同桌的概率是八分之一，可能性相当低。

班上还有个立花，她是立花留理佳。我对她印象也很好。

"我在四月七日开学那天，成为立花同学的同桌。"

如果我这样写,那愿望实现的概率就会增大到四分之一。既然这样,那我就写"立花同学"吧。

就在我下定决心之前,突然有个声音叫我等等。如果要在我的同桌名单中加上立花留理佳,那我还得加上木内乙女。木内乙女是一个特别友善的女生。她总是温柔地跟我打招呼,有时还会告诉我作业的答案。

她们三个都不是高个子。只要三个人中有任何一个成了我的同桌,那我都可以在心里高呼"胜利!"。我学习的动力也会增强吧。这样,愿望实现的概率是八分之三。那支羽毛笔要真是秘密魔法笔,我应该会有好运气吧。

"成为立花同学的同桌"最终变成了"坐到自己喜欢的座位上"。这样写,成功的可能性就会进一步增高。虽然我也有些犹豫,不知道这样写会不会有什么问题,但是我没有再多考虑。

光平的日记本里就有好几个让人摸不着头脑的愿望。

"我想要体验一下大吃一惊的感觉,说一句'还有这事儿?'。"光平是这么跟我解释他写第七个愿望的理由的。

这么写的话,很多事都可以算是让他大吃一惊的事。因此,我任性地这样写一个愿望也没关系吧。

　　我觉得相处比较舒服的人还有谁呢？我逐个回想班上女生的名字。

　　突然，"石原夏树"这个名字蹦到了我的脑海里。她去年转学了，在一年内成熟了许多，让全班同学都大吃一惊。

　　光平日记里的"右原"该不会就是石原吧？"石"这个字，只要把撇的上端延长一点儿，就变成"右"了。光平的读后感《小公主》中的小公主或许也是以石原为原型的。

　　如果说光平值得我警惕，那可能有些夸张。不过，他确实不可轻视。

　　在操场上参加了开学典礼后，我们在教室里抽签决定座位。男女分开，再根据身高分成高个子和矮个子两组，然后抽写了数字的签，最后拿着自己的书包去与抽到的数字对应的座位上。

　　很快，教室里不断响起了哀号声。

　　"啊？！什么呀？"

　　"什么？！怎么是你？！"

　　"别抢我台词！哼！"

　　我的座位在第三排靠走廊的位置。

　　我的同桌，既不是立花美雪，也不是立花留理佳，更不是木内乙女，而是田中结花——班上成绩最好的女生。

哇！我的惊呼声卡在喉咙里，差点儿脱口而出。

我的斜后方是光平。他旁边是木内乙女。哇！

我觉得和光平坐得这么近挺好的，但我没想到木内乙女居然成了他的同桌。

那支羽毛笔根本就没有魔法。我对它的期待一下子破灭了。

这难道就是"出师不利"？

就在我发呆的时候，田中结花坐到了我旁边。

"新同桌，你好。"

她轻轻打了声招呼，然后把书包挂在了桌子侧面的钩子上。

"啊，你好。"

我随口回了一句。

虽然田中结花跟我打了招呼，但我觉得她的表情透露出一丝失望。我懂她的心情。因为她大概率是要考私立中学的，跟我这种人做同桌，学习动力肯定会减小。

我突然想跟她说句"对不起"。

13

用爷爷的语气说"好"

我的日记本上每页都有填日期和天气的空格，还有两个标了刻度的时间饼图，可以用来记录学习和睡觉的时间。我用红色的粗签字笔把第一页到第六页每一页其中一个饼图描了一圈，表示写在那一页的愿望实现了。

但是到了第七页，我不得不在饼图上画一个叉。

座位定下来当晚，我在自己的房间里打开日记本，叹了好几口气。

如果可以，我不想画叉。我想将这十页的饼图全部都描上圈。

有没有什么方法可以让我实现这个愿望呢？

我拿着本以为是秘密魔法笔的羽毛笔，连续在草稿

纸上画了几个圆。

很快，我便想开了。虽然田中结花不像木内和两位立花那样容易相处，但她能给我很多帮助。

我的成绩单上只有美术课的等级是 A，其他科目的等级都是 B。田中大部分科目的等级应该都是 A 吧。说不定她所有科目的等级都是 A 呢。跟她一个水平的人只有岩崎修斗。

"我在七月二十日的散学典礼上拿到一张写有五个 A 的成绩单。"

在日记本的第十页，也就是迄今为止我写的最后一页，我写下了这个愿望。虽然我很后悔为什么不写"三个 A"，但是已经迟了，因为我用的不是铅笔，而是笔迹很不容易擦掉的圆珠笔。用涂改液修改当然可以，但那样就是耍赖了。

五个 A！想实现这个愿望，我可以先观察一下田中在课堂上的表现，比如做笔记的方法，回答老师问题时的反应……

此外，田中很有运动天赋，她的跳绳成绩也比我的优秀。如果仔细观察这位同桌，我肯定会在各个方面被激励到。

这么想的话，对我来说，跟田中结花做同桌也算是

"坐到了自己喜欢的座位上"吧。这样说虽然有点儿牵强，但并不是谎话。从明天开始，我要慢慢地让我的座位变成自己喜欢的座位。

当我回过神来，草稿纸已经被我画满了圆，黑了，也破了。

我放下羽毛笔，拿起红色的粗签字笔，翻到日记本的第七页。

"我在四月七日开学那天坐到了自己喜欢的座位上。"

我用爷爷的语气说了句"好"，然后在这一页的一个时间饼图上描了一圈。

14

"山下，加油！"

开学一周后，学校进入了运动会的筹备阶段。

首先，所有学生会被分成三组。然后举行全校大会，确定代表每个组的颜色。接着，从五六年级的每个班中各选出三个人，组成一支十八人的啦啦队。这十八个人又分成三支小队，每支小队各自选出本小队的队长。三位队长将参加末广小学的传统仪式——取球。

所谓取球，就是三位队长戴着眼罩，从体育馆舞台上的一个箱子里任意拿出一个球，根据球的颜色来决定哪支小队为哪一组加油助威。球的颜色有红色、蓝色和黄色。这个仪式很简单，但能够营造一种类似于选拔赛的热闹氛围。所以举行这项仪式时，体育馆里的所有学生都会欢呼雀跃。从第二天起，啦啦队员和其他学生都会开始训练，为运动会做准备。

　　我参加了六年级二班的啦啦队队员竞选，被选中了。然后我又报名竞选啦啦队队长。在这两次竞选过程中，我都心怦怦直跳，精神异常紧张，甚至怀疑自己会不会晕过去。

　　当我在班上举手说自己要参选时，周围响起了许多惊讶的声音。"啊？""真的假的？"我觉得这也在情理之中，因为我都想问自己一句"是不是真的要参加？"。不论在哪个班，能成为啦啦队队员的男生，不是棒球社的就是足球社的，都擅长运动。女生更是如此。啦啦队中几乎没有像我一样不起眼的男生。另外两名参选者是去年就当过啦啦队队员的男生。他们身体强壮，声音洪亮，但对待同学的态度相当蛮横。

　　就在我和那两名男生即将当选的时候，我听到了一个声音。

　　"既然山下参加了，那我也想试试。"

　　坐在我后面的木内乙女低声说道。

　　担任主持的班长立花美雪惊讶地问了一句："啊，你要参加？"

木内有些呆呆的，不像是会加入啦啦队的人。没想到她会举手。这太不可思议了！

　　"既然山下参加了"这句话就像歌词一样，清晰地钻进了我的耳朵。

　　"你们都好厉害啊！"

　　光平感叹道。

　　如果我和光平是哈利·波特和罗恩，那再加一个木内乙女，我们就能组成三人组啦！这可是我一直以来的心愿！

　　有四个人参选，怎么办？立花问了问西村老师。

　　"那就只留下一名去年参加过啦啦队的同学，让没参加过的同学试试吧。"

　　同学们都同意老师的建议。

　　"木内，你真的可以吗？啦啦队队员放学后要训练，这样你就不能去补课了。"立花有些担心地问道。

　　"偶尔这样也不错呀，我也会有很多不一样的体验。"木内这么回答，并且像是确认一般问我，"对吧？"

　　我默默点了点头。木内坐在我后面真是太棒啦！

　　两天后，午休时间，啦啦队队员在体育馆集合了。五六年级各有三个班，总共选出了我们十八人。我们将被分为三支小队，然后每队自行选出队长和副队长。一

支小队通常有一半的人参选队长。我所在的第一小队参选的人相对较少，只有两人。

我很快便明白了其中的缘由。和我一起举手参选的是去年获胜组黄组的啦啦队副队长——一名来自六年级三班的女生，姓大岛。放眼整个年级，她的个头是数一数二的。她还是篮球社成员，在接力跑中甚至比男生跑得还快，是我们末广小学的超级明星选手。这种人都参选了，其他人自然不会自讨没趣了。

据负责筹办运动会的老师说，当出现多位竞选者时，竞选者需要进行演讲和喊口号的比拼，然后由大家投票，得票多者当选。之前，我对这些一无所知。

演讲和喊口号的比拼从我们小队开始。大岛先站到了舞台上。

"如果我成功当选啦啦队队长，我会带领大家以绝对优势获胜！从一年级到六年级，每个人都能得分，我们全组会获得胜利！我雷鸣般的呐喊声、助威声会让我方选手的士气增加百倍！去年就是如此，对手们都吓得发抖，比赛还未结束，仿佛已决胜负！现在让我们一起呐喊吧！预备！"

大岛的声音洪亮无比，甚至可以在体育馆内产生回声。我被这种强大的魄力震撼了。当大岛打起拍子，其他队员也加入其中，在她的带领下拍起了手。

当我被叫到名字的时候，我已经呆住了，给不出任何回应。

"山下，加油！"

木内站在我旁边的那列队伍中，给我鼓气。

我瞬间勇气爆棚，但是立刻又退缩了。我走上通往舞台的阶梯。在这些表情严肃的同学面前大声讲话，这是我从未做过的事情。

我想起了去年我所在的红组的啦啦队队长。我只能模仿她的加油口号和节拍了。

"红组，加油！冲啊！……噢！"

"如火如焰！如火如荼！……红组！"

"舍我其谁，红组必胜！……红组！"

我把上半身向后仰，瞪大了眼睛，发出巨大的声音。喊到一半的时候，我的声音劈了，引得大家哈哈大笑，但我还是尽力坚持。周围的队员都配合我呐喊着，所以我坚持到了最后。

等我的竞选演讲和喊口号结束后，大家通过鼓掌的方式投票。

结果出来了。大岛获得了压倒性胜利。

15

副队长转正了？

日记的第八页。"我在五月十五日的运动会上担任啦啦队队长。"

这个目标没有实现。

副队长和队长不一样。副队长是队长的帮手，以去年红组的啦啦队为例，副队长负责打太鼓。如果队长是主角，那么副队长不过是映衬队长的配角。

即便不谈论两者在角色上的区别，光是想到羽毛笔写下的愿望没有实现，我就感到气愤。事到如今，我也不能在"啦啦队队长"这几个字的中间加一个"副"字，因为这是作弊。

有没有发生奇迹的可能呢？最好是那种能证明羽毛

笔是秘密魔法笔的奇迹。

例如，当选队长的大岛突然转学了？但是，离运动会只有一个月了，而且大多数人转学都选在学期结束的时候。

那就感冒或者拉肚子？哎呀，这种念头可不该有。期待他人遭遇不幸，这是很阴暗的想法。看来，只能在这一页的饼图上画叉了。

但是，概率小不等于完全不可能发生。我想在运动会当天再在日记本上画叉，虽然我自己并不期待那样的一天到来。

这种心情可能就是"不死心"吧？但无论如何我都要给我自己一些时间。

啦啦队的训练比想象中的辛苦得多。我们不仅需要在每天放学后训练一小时，有时还有晨练和午练。

我去年在红组，今年在蓝组，并且获得了专属于啦啦队队长和副队长的头巾。这种头巾比普通的头巾宽得多，而且长度大约是普通头巾的三倍。戴着它虽然很帅气，但是也很热。我一戴上它，汗珠就吧嗒吧嗒地掉，显得脏兮兮的。

啦啦队的训练内容包括齐喊口号、空手道表演、唱

啦啦队队歌、跳啦啦操，丰富得让人目不暇接。

"冲啊！冲啊！蓝组冲啊！"

"勇往直前，蓝组必胜！"

我们与其说是在喊口号，倒不如说是在喊叫，所以我的嗓子很快就哑了。由于身体长时间后仰，我的肚子和腰都开始酸痛。而且，我同时还得敲太鼓，右手手掌都磨破了，手指关节也阵阵作痛。如果早知道当啦啦队队员要体验这些，那我就在日记本里写点儿别的了。

就是因为写下的那个愿望，我这一个月几乎每一天都痛苦不堪。

"你们在啦啦队开心吗？"

五月连休后的第一天，光平在午饭后问我和木内。

听到这个问题的一瞬间，我突然激动起来。

怎么可能开心？！就在我要这么回答的时候，木内抢先一步说："特别开心！"

"哦？"

"比如拿着彩球，像电视上的啦啦队女孩那样跳啦啦操。我之前一直想试一试。"

木内转向光平，挥动了一下右手，做了一个啦啦操的动作。

"啦啦队女孩？"

"我姐姐加入了高中的啦啦队，经常在家里练习。我看她跳得很开心，所以也想试试。"

"那你加入啦啦队是个正确的选择。"

"嗯。"

两人在我后面愉快地聊着天。

虽说她当时参选啦啦队队员的时候说"既然山下参加了"，但是她加入啦啦队的真正原因似乎并不是我以为的那样。

我有些恼火，将蔬菜沙拉一股脑塞到了嘴里。不这样的话，我感觉自己会破口大骂。

这时，光平忽然问我："龙野，你是副队长吧？干得还开心吗？"

噗！蔬菜沙拉从我的嘴里喷了出来。

绝交吧！这一刻我认真地考虑了这个选项。

我一直祈祷五月十五日下雨，这样运动会就会延期，但是那天空中万里无云。头一天，爷爷打电话告诉我："我会邀请邻居们一起去！"爸爸妈妈似乎也十分期待这一天的到来。

我的心情差到了极点。我给因为敲太鼓而磨破的右手绑上绷带，走向了学校。

一到教室，蓝组啦啦队的带队老师就走到我跟前。

"今天由你来担任蓝组啦啦队的队长,加油干哟!"

咦?幸运从天而降?

听老师说,这是因为队长大岛练习喊口号时用力过猛,声带受伤了。

就在老师给我解释的时候,大岛来了。

"麻烦你了!我来敲太鼓吧。拜托了!"

她的声音果然很沙哑,我只能勉强听清楚。

我忽然想起在头一天的练习中大岛喊口号时特别痛苦的样子。

"虽说这是紧急换人,但我也算是当上队长了吧?"我在心中小声说道。要问这话是对谁说的,那就是我的日记本。

我的愿望实现了。那支羽毛笔或许真的是秘密魔法笔。虽然我对此还半信半疑,但是这时我心中的天平已经倒向了"信"这一边。

一旁的光平跟我说:"虽然我在红组,但我也会支持蓝组的!"

运动会开始后,我就没有时间多想了。

我模仿着记忆中大岛喊口号时的声音和动作。

"蓝组,加油!冲啊!……噢!"

"今日天空,是何颜色?……蓝色!"

"无边大海，是何颜色？……蓝色！"

"胜利之队，是何颜色？……蓝色！"

"蓝组必胜！蓝组必胜！……哟！"

虽然其间我的头巾好几次滑下来挡住眼睛，但是幸好没掉到地上去。我认为自己的表现值得特别表扬。

我在空手道表演中表现得尤为突出。我在课外班学习过，所以动作比其他两队的队长规范。我第一次为自己学过空手道感到骄傲。老师们和来观赛的亲友们都夸了我。

然而，蓝组的比赛成绩很糟。

在一年级的投球项目中，蓝组的同学在捡球的时候撞到了脑袋，好几个同学哭了。在四年级的运大球项目中，我们组中途还挺顺利的，谁料在最后的关键时刻大球从拿着它的同学手上掉了，我们成了最后一名。在六年级的障碍跑中，不知为何只有我们蓝组的同学总是被网绊倒，在跳上平衡木时摔跤。不幸的事接二连三地发生。

唉，我好不容易才当上了啦啦队队长啊！蓝组与连续两年夺冠的黄组相比，落后了将近一百分，成了倒数第一。

16

"魔鬼教练"的出现

我本来想，如果蓝组在运动会上获得了冠军或亚军，第二天正好是星期天，我就去爷爷那里，因为他肯定会为此感到高兴，并且额外给我零花钱。

但是现在，我放弃了。我都上六年级了，没脸去拿这份作为安慰的奖励。因此，我决定在下一个愿望实现之后再去爷爷那里。

就在我思索之际，爷爷发来了一封电子邮件。他居然没有打电话，却发了电子邮件，这是一件很稀奇的事。

小龙：

　　你昨天真的辛苦了！

你们啦啦队的加油助威真的太棒啦！作为蓝组的领头人，你表现得非常出色。虽然蓝组没有获胜，但是你的加油助威可以得一等奖！

看到以前的爱哭鬼小龙现在这么勇敢，我决定不再叫你"小龙"了。从今以后，我要叫你"龙野"。

龙野，我把我以前的日记本找出来了。它是半个世纪前的老物件，纸都皱巴巴的了。读完之后我想起了自己的青春时代，感到无比怀念。下次你来的时候我给你看看。

注意身体！

希望你写在日记本上的预言都成真！

你的爷爷

爷爷不擅长打字，所以光是写这封邮件估计就得花一小时。我都想跟他说一句"辛苦了"。

我的加油助威可以得一等奖？会这样想的大概只有我的家人吧。虽然看到爷爷的邮件我很开心，但是那种不甘心的感觉始终没有消失。

爷爷说的"预言"是我之前用的词。虽说这个词和"魔法"十分搭配，但是我再次感受到，让预言成为现实是件困难的事。

星期一一上学，我就去了六年级三班的教室。我是去跟原来的啦啦队队长大岛道歉的。我本应该运动会一结束就去，但是当时我很失落，所以没去。

　　我从三班教室门口向里头看去。大岛注意到我了，向我招了招手。

　　"前天辛苦啦。抱歉啊，突然让你负责那么多事。"

　　"我才应该道歉。谢谢你！我没带领队伍获胜，不好意思。"

　　我羞愧得低下了头。

　　大岛用力拍了拍我的肩膀，笑着说道："你说话像大人一样，好奇怪。"

　　她似乎已经不在乎运动会的事了。

　　站在她身旁，我发现她比我那个身材高大的姐姐还要高。而且，她的眼睛很大，因此她有着非比寻常的存在感。虽然我们是同一年级的，但是她看起来像一位比我高两三级的学姐。正因如此，我跟她说起话来才毕恭毕敬的。

　　"你的嗓子好多了吧？"

　　"如果运动会今天举行的话，我就可以担任队长了。可恶！"

　　她的拳头狠狠地捶到桌子上。啊，看起来好疼！

“请你继续在篮球社发挥自己的实力。”

“你这话说得真有意思。你，呃……是山本吗？”

“我叫山下。”

“好的，山下，我叫你‘小山’吧。我们既然在运动会上输了，就要在下个月的跳绳比赛中一雪前耻啊！”

一雪前耻？我虽然听过这个词，但并不知道它的具体意思。

“大岛，你跳绳也很厉害吧？”

“啊？你认真看过公告栏吗？我可是去年双摇跳项目的冠军。”

“啊，对不起。”

我不敢说自己看过了。我知道自己看东西总是走马观花。

“小山你有什么擅长的项目吗？”

“我擅长编花跳，因为我知道其中的窍门。”

“这样啊，那你去年是多少名？”

“二十一名。”

我一回答，大岛便把眉毛皱成了八字，并将双手向两侧伸开，摆出了外国电影中人们说“Oh my god！”时的姿势。

“你知道窍门的话，就应该进前十名。我不知道窍

门，去年还进了编花跳项目的前三名呢。"

"啊，我竟然不知道这件事，真是抱歉。"

"你不用总是道歉。我又没生气。"

"好的。"

我怎么感觉自己像在办公室里被老师训斥一样？

不论是参加啦啦队还是参加跳绳比赛，我都没料到自己会遇到这么厉害的对手。大岛是编花跳项目的前三名，我必须超过她，否则我的预言不会成为现实。

"明天午休的时候我教你跳绳吧。"

"教我吗？"

"这里不只有你吗？就叫它'奖牌斩获计划'吧。"

奖牌？斩获？超级明星选手大岛居然要教我跳绳！

我又想感叹一句"这太令人难以置信了！"。如果能进入前三名，那我就能获得奖牌了。

说实话，我并不想进行特训。因为我觉得，靠秘密魔法笔实现愿望才是真的炫酷。

但是，担任啦啦队的临时队长让我从大岛那里获得了力量，这或许也算是一种运气。当上了临时队长，然后通过"奖牌斩获计划"进入跳绳比赛的前三名，获得奖牌，这样我日记本上第八页和第九页的愿望就都可以实现。我觉得，这两个愿望可能有千丝万缕的联系。

我问了大岛的跳绳成绩。没想到在五年级的时候，她就已经能双摇跳一百九十五下了！这个数字令我震惊得说不出话来。据说，她这次的目标是跳两百五十下。她去年的编花跳成绩是一百七十四下，而她居然只是第三名。我本以为这是自己的拿手项目，但是我去年只跳了八十三下，只是年级第二十一名。

聊着聊着，我便感觉自己像一条被撒上了盐的鼻涕虫，不断地蜷缩、变小。

"你能指导我，我很开心，但是这样会不会给你造成负担？要不还是算了吧。"

"什么呀，你怎么这么客气！"

大岛发出了哈哈的爽朗笑声，然后说道："你必须积极主动呀，小山。我是因为突然把队长的责任推给你，想跟你道歉才这么说的。你不想练习吗？"

说到最后，大岛紧紧盯着我，比西村老师还可怕。

"不，我还是想练习的。"

"那就这么定了。明天午休时间操场上见，好吗？"

"好……好的。拜托了。"

我被她的气势震慑住了，不假思索地答应道。

17

田中布置的作业

我有些兴奋，但更多的是恐惧。

大中午的，在操场上，我在一个身高接近一米七的人手下进行特训，肯定很显眼吧。我绝对会被人笑话的。果然还是应该学会拒绝啊。

就在我犹豫不决的时候，同桌田中结花问我："山下，你身体不舒服吗？"

她很少跟我闲聊。

我正想找个人商量一下，于是就把大岛要教我跳绳的事情如实地跟她说了。

"啊？大高个儿居然要教你！"

一直从容不迫的田中露出了比平日里夸张两倍的惊

讶表情。我都被她吓了一跳。

然后，她一脸认真地看着我，喃喃低语道："可以的话，能把我也带上吗？"

这句话是我始料未及的。在六年级二班，不，大概在全年级的三个班中都名列前茅的田中居然会对篮球社的大高个儿感兴趣。这可不像她的作风，这种话她平时可说不出口。

第二天，我为了练习跳绳，没有吃饱就和田中一起向操场跑去。

在楼梯口等我们的大岛已经跳起了绳。即使用最普通的绳子，她跳起绳来也非比寻常地快。绳子划过空气，发出嗖嗖的声音。但是，由于她抢绳抢得太快了，我们根本看不清绳子。

我还没有找到合适的机会打招呼，田中就开口了："同学你好！你能不能也教教我怎么跳绳呀？"她的语气就跟老师的一样。

大岛停了下来。

"啊？你是二班的田中结花？"

"是的。"

田中从一年级到现在一直是优等生，在年级里很有

名。在另一个领域同样出色的大岛自然知道她的名字。

"午休时间你不学习吗？"

"体育锻炼也是学习的一种。请你在教山下的时候也教教我。"

"可以是可以，你会跳绳吗？"

于是，田中在大岛面前跳了十个双摇跳，完美地展示了她的跳绳技术。

"你通过了。姿势很不错。现在，你也是这个项目的成员啦。"

就这样，我们开始了每周三次的跳绳特训。

多亏了"奖牌斩获计划"，田中逐渐将我视为好朋友，不时给我一些学习方法上的建议。

一天放学后，田中邀请我："要不要去体育馆？"于是我们一起去了体育馆。我们到那儿的时候，篮球社的训练刚开始。

篮球社的成员穿着绣有末广小学校徽的队服，在篮圈下轮流练习投篮。在这一大群大高个儿中，大岛尤为显眼。

"大岛去年在决赛中输了，这次鼓足了劲练习。"有同学说。

原来是这样啊。这跟午休的时候大声说笑、调侃我的那个大岛完全是两个人。

"我也得再加把劲。"

田中自言自语道。

啊？现在你已经够努力了好吗？我忍不住想吐槽。

"田中你不是每年全都得 A 吗？"

我鼓起勇气问道。

"我得过一个 B。小山你也加油。"

听了这话，我完全没有感到不舒服，反而觉得受到了鼓励。

我很高兴她叫我"小山"。我也能叫她"结花"吗？

"我最多只得过一个 A。今年我想多得几个 A。"

"那你要先想一个四字熟语记在心里，让自己认真起来。"

"什么四字熟语呢？"

"这个就得你自己想了。这是你要交的作业。"

这是田中第一次给我布置作业。

能让自己认真起来的四字熟语？我首先想到的是新春试笔时写的"矢志不渝"。我查了一下，发现这个词的意思是"发誓永远不改变"。我如果牢记这个四字熟语，坚持学习，就能像田中结花一样厉害吗？

不知不觉中,我萌生了一种想让田中认可我的想法。

回家后,我在网上用"中小学生常用的四字熟语"作为关键词搜索,结果跳出来一大堆词语。我查了"艰苦奋斗"这个词,它的意思是"不怕艰难困苦,为了达到目标而努力"。这跟"矢志不渝"的意思有点儿接近,所以我把它作为备选词之一。

为了找其他备选词,我先把以"一"开头的四字熟语看了个遍。光是找以"一"开头的四字熟语我就花了一小时,就跟在做"汉检"考试的题目似的。

我找到了很多我觉得非常有意义的四字熟语,比如"一心一意""专心致志""拼命努力"。它们的意思比较接近,我觉得每个都不错。既然每个都不错,那就选"拼命努力"吧。它在日常生活中最常用。

18

"拼命努力"会赌上性命？

刚开始，"奖牌斩获计划"的特训是在午休时进行的，但从第二周开始，就变成在早上进行。因为，吃完午饭后立刻跳绳，肚子会不舒服。虽然大岛完全没事，但是我和田中跳一会儿就跳不动了。

我练习的项目是编花跳，田中练习的项目是双摇跳。大岛告诉我们，要轻轻地摇晃手腕，还要增强腹肌的力量。但是我和田中跳一会儿就累了，手腕动不了了，连腰也直不起来。

"你们练练这个吧。"

大岛两手在胸前交叉，骨碌碌地转动着手腕。然后，她将两手分开，一只手向内转，另一只手向外转。令人

115

惊讶的是，她腕关节的柔韧性特别好，有时手指几乎可以贴到手腕上。这让我联想到"软体动物"这个词。

"如果手腕能够轻轻转动，你们跳编花跳的时候就能双摇，跳起绳来就省力多了。每天都要做一做这种柔韧手部操。

"哪怕努力练，腹肌也不可能一下子就练出来，所以你们要让腹部发力，坚持练习垂直跳绳。这样身体就会逐渐适应这个姿势。"

大岛像体育老师一样，给了我们很多具体建议。

"只剩一个月了，你们可以看看自己能不能适应这种练习强度。不过，禁止过度练习。你们两人都是初学者，肌肉可能会受不了。"

她边说边笑，然后，极为轻松地给我们示范了如何跳编花跳。

原来是这样啊。在大岛眼里，我们是初学者。没有魔法的力量，我们根本得不到奖牌。

每天早上我都累得筋疲力尽，回教室的时候，连爬到三楼都很费力。田中也跟我一样累得走不动。但或许她比较乐观，总是充满了活力。

"今天我觉得手腕可以轻松转动了。成绩好像比之

前有进步。"田中说道。

啊，在乐观这一点上我跟她确实不一样。

"你体力很好啊。我都快累死了。"

我说得有点儿夸张，田中从后面拍了拍我的背。

我和田中已经一起练习了，不如把光平和木内也邀请过来，这样就有"哈利·波特"中那种小组行动的感觉了。这不是很好吗？

可是，看上去，田中和木内的关系不太亲近。而且，四个人来参加训练的话，大岛的负担会变重，"奖牌斩获计划"会变成单纯的集训，从而变得名不副实。算了，小组的事，暂且不考虑了。

"这是你布置的作业，这个答案怎么样？"

我坐在田中旁边，在语文笔记本上写了一个四字熟语——"拼命努力"。

看到这个词，田中沉默了一会儿。难道这个不行？

刚下第一节课，教室里闹哄哄的，可我感觉我们俩像被聚光灯照着一般，静得有些离谱。

"你认真想过？"

过了十秒，田中冷不丁问道。

"想过。想得我头都痛了。"

"还想过什么别的词吗？"

"备选的还有一心一意、专心致志、艰苦奋斗。"

我认真地回答道。

田中将目光从笔记本上移开，看向我，露出了一丝笑容。

"你在网上搜索的吧？只有一个词是你自己想出来的吧？"

啊？她是怎么知道的？

我想敷衍过去，但是没想好怎么回答。

我想蒙混过关，转了转脑袋，往后看了看，结果视线正好撞上了光平和木内。这两人似乎都在竖着耳朵偷听我和田中的对话。

"我没在网上搜索。"

我下意识地这样说。我明明不需要解释呀。

"你在搜索的时候，就搜出了这些四字熟语吧。"田中直截了当地说。

我们马上要去另一栋教学楼的烹饪教室上课。下楼的时候，我们继续聊着。

"我绞尽脑汁，想到了'拼命努力'这个词。"

我一回答，田中便扑哧一下笑出了声。

"'拼命'的意思是会赌上性命。你真的认真考虑过？"

赌上性命？我没这样想过这个词的意思。能这么认真思考的，只有田中了吧。

"嗯，我上网查了四字熟语之后，好好考虑了一下。虽然只是泛泛地看了一下那些词，但我还是觉得头疼，都有点儿忧郁了。"

"忧郁？小山，你用汉字写不出这两个字吧？^①"

"当然写不出来啦，你能写出来吗？"

"我当然能写出来啦，那你今天的作业就是学会写这两个汉字。"

下了楼，穿过走廊，又上楼，我边走边说了这么久还能不喘，这或许是晨练的功劳。

"'忧'和'鬱'都要写吗？"

"是的。'鬱'有二十九画，很难写。你要是可以一笔不落地把它写下来，就能明白一些事。"

"什么事？"

"你会写了就知道了。试试吧。"

田中说这些话的语气让我不敢拒绝。

这就像大岛在问我要不要进行特训一样。

"私立中学的入学考试会有这种题目吗？"

---

① 日语中的"忧郁"写作"憂鬱"，这对小学生而言较为复杂。

我随口问了一句。

"不知道。我要去末广中学。"

啊？不会吧？怎么可能？

我惊讶得就跟去年夏天看到光平会游泳一样。

不过，我这次的惊讶之情并没有掺杂复杂的情绪。

我只是单纯地感到吃惊。

19

与"鬱"字的苦战

　　这天晚上，我在词典里查到了"忧鬱"这个词。

　　"忧"和"鬱"都是中学时要学的字。如田中所说，"鬱"有二十九画。我看着词典，感觉整个字很复杂，让人一头雾水。到底是谁，出于什么理由，才想出这个字的呢？

　　仔细观察了一会儿，我感到有点儿压抑。这种压抑的心情就像掺了一滴墨水的水那样灰暗。这就是所谓的"忧鬱"吧？"鬱"还有草木茂盛的意思。两个"木"字夹着"缶"，也许秃宝盖下面生长着的是一片乱蓬蓬的花茎和草根。

　　这项作业是田中布置的，我难以拒绝，只能无奈地

把这个词抄到了笔记本上。

"憂"字相对简单，而"鬱"字看着就很难写。因为这个字结构不完全对称，所以每写一次我都要叹三口气，就像在经历一场痛苦的战斗。我觉得，我要想记住它的笔顺，至少得花十五分钟。做这种无聊的事情到底能明白些什么呢？

我坐在桌前与这个字苦战之际，姐姐参加完社团活动回来，进入房间，从我身后走过。

"真稀奇呀！龙野竟然在学习。啊，你不会在画漫画吧？"

她一边拉开帘子，一边故意讽刺我。

"你看这个像漫画吗？"

我把笔记本拿给她看了一眼。

这学期开始，姐姐就是一名初中生了。她身上穿着末广中学的校服，校服胸前有一个红色蝴蝶结。这套衣服似乎很受女生们的喜爱，但是我觉得它并不适合姐姐。要是姐姐把性格收敛点儿，或许还行。

"憂……有这个字吗？这是什么鬼字。"

鬼字？我差点儿从椅子上滑下来。

"这个词初中要学的，你最好先记住。"

我从容不迫地告诉她这个事实。哈，真痛快！我顺便把词典翻开，递给了她。

姐姐把书包放到地板上，一脸认真地看着词典。

"噢。"

她做出了最真实的反应。然后，她立马将词典丢回我手里，尖声说道："你给我看这个，我一下子就累了。完全忧郁了！"说完，她走到了帘子的另一边。

"忧鬱"的反义词是什么呢？是"爽朗"吗？我顺便查了查。

是"爽朗"。我猜中了！太棒啦！

"爽"也是初中要学的汉字，我现在还不会写。但是它跟"鬱"比起来根本不算什么。"爽"字里有四个"乄"，要想把这个字写匀称也挺难的，但是它只有十一画。我试着写了一下，不到两分钟就记住了。真是"轻取"呀。正如"爽朗"这个词的意思一样，我现在感到心情畅快。

我开始思考"轻取"的反义词是什么。它的意思是轻轻松松就获胜了，那它的反义词应该表示败得很惨烈，是"完败"吗？我得查词典确认一下。

是"险胜"！

"啊？不会吧！"我发出了尖叫。"轻取"的反义词竟是"险胜"！原来这对反义词之间的对立并不在于胜

利还是失败，而在于胜利的方式。

　　"险"这个字也被收入了中学应学的汉字表里。虽然它跟我两三年前学过的"俭"字很像，但是两者意思完全不一样。

　　这天晚上，我记住了"忧""鬱"等四个要在初中学习的汉字。只要会写"鬱"，其他的都是小菜一碟。下次"汉检"六级考试，没准我可以轻轻松松通过呢。

　　这时，田中的话在我的脑海里浮现。

　　"你要是可以一笔不落地把它写下来，就能明白一些事。"

　　难道她说的就是我现在的感受吗？

20

魔法真的存在吗？

第二天，我心情愉快地来到了学校，开始晨练。

"今天来个'期中测试'吧！你们就当是正式比赛，一局定胜负。"

担任教练的大岛边说边为我们加油鼓气。

还有几组人也在操场上练习，准备参加跳绳比赛。其中棒球社和足球社的成员都能以优美的姿势连续跳几十个双摇跳，这让我们感到了巨大的压力。

"小山啊，别被周围的事影响了。专注地做自己的事，你肯定会进步的！"

大岛立刻提醒我。

我以前很讨厌这种如热血体育竞技动画片里的台词

一般的话语,现在不知为何,我竟干脆地回应了。对我来说,把竞选啦啦队队长、参加跳绳比赛这些愿望写到日记本里,本身就是奇迹。而现在,我已经完全沉浸其中了。

做完柔韧手部操后,我开始热身。然后,田中和我的"期中测试"开始了。首先是田中的双摇跳。她跳的时候,大岛也配合着她的节奏一起跳。田中去年的双摇跳成绩是七十五下,比我的编花跳成绩少几下。她说,今年她的双摇跳目标是一百下。

两人面对面跳绳,两根绳子摩擦着空气,嗖嗖声慢慢重合了。即便田中已经跳了五六十下,她的姿势也没有发生一丝变化。

田中跳到七十多下的时候,她的腰开始变弯了。

"挺直背!向上跳!"

大岛一边跳绳,一边发出简短的指示。

田中的脸逐渐变红了,露出了痛苦的表情。但是,她还是跳到了八十下,即便身体左右摇晃了,她也坚持跳着。

"加油,结花!"由于怕发出声音会扰乱她跳绳的节奏,我在心中不断地为她加油打气。

她的动作已经走形,就在我觉得她快要停下来的时候，她又连续跳了六下，创下了她的新纪录——九十六下。

或许是田中的能量转移到我身上了。平时编花跳我只能跳六十下，但是这天在大岛的指导下，我竟然一口气跳了八十下。在感到手臂酸痛后，我学习了田中那种坚持不懈的精神，努力撑到了最后。

我已经打破了我去年编花跳八十三下的纪录，但我继续跳了下去！我咬紧牙关，调动身体中的每一丝能量。"最后一下，最后一下……"我心中念叨着，最终突破了九十下。此时，我的手臂和脚都几乎动弹不得了。我想再跳几下，可我落到地面后，腿却支撑不住了，身体直接向后倾。我摔倒了。

我的编花跳成绩是九十三下。虽然比赛项目不一样，但是在数量方面我和田中几乎一样。

"太棒啦！小山。照这个势头，斩获奖牌不是梦！"

大岛把倒在地上的我拉了起来，然后哼唱了一句："有志者事竟成，这是魔法咒语。"

"你哼的是什么？"

"一所名校的校歌。我哥哥在高中参加棒球联赛时学到的。他好像很喜欢这首歌，经常唱。后来我也喜欢上了。"

有志者事竟成，这是魔法咒语？我有点儿迷惑。

话说回来，虽然"期中测试"过程极为痛苦，但是结束后，我感到十分畅快。

然而，站在楼梯口准备上楼时，我和田中都步履蹒跚了。不扶着膝盖，我都迈不出下一步。

"对了，山下……你会写……'忧郁'了吗？"

田中喘着气问我。

"会写了，虽然……花了……很长……时间。光'郁'……一个字……就花了我……十五分钟。"

我的话也断断续续。

"你……感受到……什么没？"

"感受……到了……啊，我还记住了其他字。我有了自信和勇气。"

"嗯。"

"我觉得，你当时说的'能明白一些事'，指的就是这个吧？"

终于到了最后一个楼梯拐角，我们停下来歇了口气。

"完美！你有了自信和勇气，就可以把心中的忧郁一扫而光了！"

"'郁'字在'汉检'考试中是几级的字呀？"

"好像是二级的。"

"啊！田中，我可以问问你现在是几级吗？"

"我还是准二级，准备下次考二级。"

什么叫"还是准二级"啊？这难道不是高中生的水平吗？

"你这水平可真高啊！如果说我在地面上，那你已经在云上了。"

"在云上，万一掉下来就摔死了。比起那样，我更喜欢在地面上尽情燃烧自己。哦，对了，我的四字熟语是'完全燃烧'，简单明了吧？"

"以你的水平，这确实过于简单了。"

"说实话，高深的词语我知道一堆呢，什么坚韧不拔、百折不挠、在所不惜……但是，比起这些高深的词语，我觉得贴近生活的词语更适合我。你的'拼命努力'就很好。不过，你必须深入理解了这个词，它才能奏效。我之前说的就是指这个。"

原来是这样啊！

大岛有着强壮的体格和极强的运动能力，所以颇具气势；田中则因聪明的头脑和优秀的思维能力而鹤立鸡群。她俩的境界是我这种普通人难以企及的。将和这些人进同一所中学，我总觉得不可思议。而在她们的影响下，我也取得了一些进步。

"我想问一个问题，它可能有些奇怪。你觉得魔法存在吗？"

"可以说有，也可以说没有。看你怎么定义吧。"

"定义？"

"我刚才不是说了吗？要在深入理解词语意思的前提下使用它。如果你把'魔法'定义为引发不可思议的事的技术，那就可以说魔法是现实中存在的。我留作业后，你很快就学会了写'鬱'字。如果你把这定义为不可思议的事，那我留的作业可能就是一种魔法。没错吧？但是，如果你把'魔法'定义为引起超常现象的魔力，那魔法就只是虚构的。'哈利·波特'系列小说描写的魔法就属于这一种。"

21

我和光平的约定

田中的话一直萦绕在我耳边。

我每天都把日记本打开放到桌面上，注视着第九页和第十页自己已经倒背如流的内容。

"我在六月二十五日的校内跳绳比赛中，进入了前三名。"

"我在七月二十日的散学典礼上拿到一张写有五个A的成绩单。"

在跳绳比赛中进入前三名、拿到有五个A的成绩单，实现这些愿望是不可思议的事呢，还是超常现象呢？

在练习跳绳的过程中，我愈发真切地感受到拿奖牌背后的艰辛。学习方面，田中和木内有时会教教我，但是我意识到，当下要拿到五个 A 极为艰难。

姐姐之前说过，平时在课堂上认真听讲，考试成绩在九十分以上，才是得 A 的水平。如果真是这样，那我可能要放弃了。

要想让最后两页的愿望实现，至少要将"进入前三名"改成"进入前十名"，将"五个 A"改成"三个 A"。

如果我会一丁点儿魔法，那我就盯着日记本上的字，然后嗖地一下变出我想要的。

"把三变成十，把五变成三。"我虔诚地祈祷着。

我瞪大了眼睛，紧紧盯着日记本上的字看了足足三分钟，然后在心中默念变形咒。

就这样，那些字开始扭曲，甚至消失，但这只是因为我眼睛疲劳了。我眼前一片模糊，头也疼了起来。

之前我已经抵制住了涂改液的诱惑，现在却不由自主地想起了这个方法。

井上光平能做到的事我却做不到。这我可不能接受。虽然我们写的愿望不一样，但我还是希望自己拥有一本能让所有愿望都实现的日记本。

在跳绳比赛前一周的一天，正好轮到我值日。我打扫完才发现，光平在操场上的单杠附近等我。他跟我说："一起回家吧。"

"好呀！好久没一起回家了。"

"对了，最近你的心境有什么变化吗？"

心境有什么变化？这可不像光平会说的话。

"没有啊，怎么了？"

"你每天一大早就练习跳绳，在课堂上也特别认真。我感觉你变了好多。是因为田中成了你的同桌吗？"

光平眨了眨眼睛，看着我问道。

"我才没变呢。我只不过……"

我只不过"被迫"加入了大岛的计划，之后田中也加入了，所以我身上发生了很多事情。我在心中这样回答道。

"木内说，你可能受到了'田中能量'的影响。毕竟，坐在她旁边，就不能吵闹和打瞌睡了。"

我觉得他说的有道理。

田中有个习惯，那就是在课间的后五分钟回到座位上，预习下一节课的内容。即便周围再吵闹，她也不会说什么，只是安静地、目不转睛地看着课本。这就是她说的"完全燃烧"吧。

这种人成了我的同桌，刚开始我叹息不已，甚至希望将她换成木内。但是，当我跟她熟了后，我对她的印象便转变了。我对她产生了一种敬佩之情，甚至想要向她请教一些问题。

"在田中的监督下，我学会写汉字'忧郁'了！"

"忧郁？这个词是六年级要学的吗？"

"不是。这是'汉检'考试二级的词！"

我一回答，光平便发出了惊叹声。

然后，他又眨了好几次眼睛，盯着我的脸，露出难以置信的表情。

"龙野，你的'汉检'考试等级是七级，对吧？"

"嗯，比你晚半年通过。"

"啊，对不起。我不是这个意思。"

咦，我居然没有生气？这让我惊讶不已。即便光平这么问我，我也没有感到自卑。事实就是事实。我能够真正接纳这件事了，尽管我并不是一个心胸宽广的人。

"我的确受到了田中的影响，但是可能更多的是受到了你的影响。"

"什么？你不用特意说我的好话。"

"我受到了你的日记本的影响。虽然我本来不准备说这件事。"

那为什么还是说出来了？这不就跟某些电视剧的剧情一样莫名其妙吗？

之后我回忆这件事时，感觉这天的话题就是从"忧郁"这个词开始转向的。

我还只达到了"汉检"七级的水平，而且对光平总有种不服气的感觉。但是，不管怎么说，我学会了写超级复杂的"忧郁"。我可以一笔一画地把这两个汉字写下来，这一点我非常确定。这算是我的骄傲，或者说是我的自信心的来源。

"龙野，你还在写日记吗？"

就在我们走到横亘在末广川上的小桥上时，光平突然停下脚步问道。

"嗯，只写了一点儿。"

"给我看看吧。我之前也给你看了，对吧？"

"现在……怎么说呢……我正在苦战中。光平，你暑假的时候会继续写，没错吧？"

"我是这样计划的。具体内容我已经想好了一半。"

这不是很棒吗？我觉得光平也很厉害。

"我也打算接下来写写暑假里的事。我们写完了要不要交换看看？哪怕只写了一半也行。我们七月二十五日交换怎么样？"

我提了一个之前从未设想过的建议。看来我的心境

真的发生了变化。

"可以是可以，但是总觉得有点儿不好意思。"

"互看暑假的日记，这有点儿像一二年级的小朋友干的事。但是，如果我们不叫它'日记'，而叫它'预言之书'，这样就炫酷多了，对吧？"

"对，不过这与魔法无关。"

我们站在桥上，靠着栏杆俯瞰末广川。

这天，末广川的水位很低，我们可以清晰地看到河床。三年级的时候，光平在这里把竖笛当作魔杖甩来甩去，结果竖笛掉到了河里。那天的前一天正好下了大雨，混浊的河水奔流不息，都快漫到路面上了。

也许，光平的竖笛早已漂入大海，最后消失在某个地方了。

22

跳绳比赛

六月二十五日的第四节课，我们六年级学生在体育馆集合。

在上个月的运动会上获胜的黄组的啦啦队队长走上台发言。

"末广小学跳绳比赛今天正式举行。现在准备比赛的是六年级选手。让我们发挥水平，超越自己！"

紧接着的是加油声和呐喊声。

"为所有的参赛选手加油！加油啊！"

伴随着阵阵鼓声，大家齐声喊道。

校长和老师们站在赛场旁边观看比赛。这是六月份规模最大的校内活动。

比赛以班级为单位进行，同学们坐在地板上为本班选手加油助威。受到大家的关注，听到加油声，有人备受鼓舞，有人则倍感压力。我就是会感受到压力的人。

今年大岛担任我的教练，我的成绩比去年好了，所以自信和勇气也随之增强。只要保持一颗平常心，就一定有收获。

加油！我深呼吸，拍了拍自己的胸脯。就在这一刻，我猛地呛到了，咳了好几下，不经意间还漏了点儿尿。完了，我刚刚上完厕所，怎么又想去？现在，我感到无比紧张。

跳绳比赛中，每个人可以报名参加一到两个项目。我只报名参加了自己擅长的编花跳。

一班比赛结束后，轮到了我们二班。我站起来走向体育馆中央。我身体不断颤抖，似乎又漏了点儿尿，太难受了。

我尝试在心中回想"爽朗"这个词。它是"忧郁"的反义词，是能让我心情畅快的词。但是，我太紧张了，没有想起"爽"字，却清楚地回忆起了"鬱"字。

"二班二班！你不一般！"

观众席上传来了鼓掌声和呐喊声。

都给我闭嘴！让我集中精力！

一种烦躁的情绪从我的腹部升起，直往上蹿。

"请各位选手热身。"

体育老师在话筒前发出指示。

热完身后，我拿着跳绳开始练习。我在第一次跳起时绊到了脚。观众可能觉得我在故意装傻充愣，都哈哈大笑，鼓起了掌。完了，这下彻底完了！

忽然，一个高大的身影闯入我的视野。一个人从坐在地板上的人堆中倏地站了起来，是大岛。

大岛一言不发，就在那里上下抖了抖肩膀，让肩膀放松。然后她将双手交叉，向我展示了几下平日训练时做的柔韧手部操。我把跳绳放到脚边，立刻跟着做了起来。

过了十秒，我的身心都得到了极大的舒缓，这时我才想起了"爽"这个字。等到身体舒展开，比赛就要正式开始了。放松肩膀，竭尽全力，冲！

"各就位，预备！"体育老师的声音回荡在体育馆内，"挑战开始！"

老师一声令下，三十二名选手的跳绳一齐甩了起来。并脚前摇跳、并脚后摇跳、双摇跳、编花跳，跳绳甩在地板上的声音此起彼伏，和加油声融合在一起，宛如一曲大合唱。与此同时，另一个班的选手在数我们这些选

手的跳绳数。

我顺利地找到了自己平日练习时的节奏。只要手和脚动起来，我就不记得想上厕所的事了。

大岛将右手高高地伸向天空，对我做了一个"OK"的手势。

我尽量轻柔地甩动手臂，以便减少能量消耗，保存体力。我有一种不错的预感。

从第五十下到第八十下，我跳得无比轻松。跳到第九十下的时候，我突然想到，我和田中在练习的时候离一百下都只差一点点，今天估计能实现跳一百下这个目标吧。

糟了，不能想这些有的没的。现在应该看着前方的大岛，把握好节奏，专心地跳绳。

我轻快地跳着绳，连自己都觉得难以置信。即便已经突破了自己的纪录，跳了一百多下，我还有余力。

这时，我的脑海里闪现出大岛所说的"奖牌斩获计划"。去年五年级编花跳项目前三名的成绩是多少来着？不同颜色的奖牌在我眼前闪过。

不行！我又开始不专心了。我意识到，自己的掌心已经出汗了。

"Be quiet！（安静！）"

我的脑海里响起的不是咒语，而是姐姐常说的那句英语。

那一瞬间，我握着的跳绳把手脱手了。

我跳了一百三十八下，是年级第五名。我进入了前十名！

只差七下，我就能斩获一枚奖牌了。

比赛结束后，我和田中立刻去找大岛。我本来只想感谢她一直以来的指导和帮助，没想到突然湿了眼眶。虽说我没流出眼泪，但是心中充满了喜悦和懊悔。而且，懊悔似乎占了上风。

大岛轮流抱了抱我和田中，说了一句："有志者事竟成，这是魔法咒语！"

23

巨大的橡皮

第二天，我一进教室，田中便满脸笑容地看向我。

"恭喜你在昨天的比赛中取得了好成绩！"

这个人居然会恭喜我！我觉得不可思议。

"你也进入前十名了吧？"

"我是第八名。虽然我们参加的是不同的项目，但是你更加努力。"

果真如此吗？

在田中报名的双摇跳项目中，今年大岛又摘取了桂冠，成绩是两百二十六下，远远地超过了排名第二的男生，取得了绝对性胜利。田中也打破了自己的纪录，比平常多跳了二十多下。

"有大高个儿的指导真是太好啦。也多亏了小山呀。谢谢你！送你一个小礼物！"

说着，她递给了我一个纸袋。

打开纸袋后，我看到了一块橡皮。这块橡皮比一般的大了好多。

"下一个愿望是得很多 A，对吧？那你努力学习，争取下个月把它用完吧！"

下个月？噢，对，七月有期末考试，那可是暑假前难以逾越的一座大山。

我想起了自己在日记本第十页写下的预言。

我要写多少字，擦多少回，才能把这块巨大的橡皮用完呢？光是想想就觉得忧郁。

忧郁？"忧郁"我已经会写了。面对令自己忧郁的事，我有了一股不服输的劲头，或者说相信自己可以解决的自信。厚着脸皮说的话，我现在的忧郁是一种自信满满的忧郁。

"不是要得很多 A，是只要有五个 A 就行了。"

"那你可不能轻易放弃，毕竟有机会嘛！这次我来当教练，如果你愿意的话。"

迄今为止，我已经从田中这里学到了很多东西。这也许就是光平所说的"田中能量"。光是看到她上课时

认真的模样和巧妙的时间安排，我便深刻地感受到，厉害的人努力起来果然和普通人不一样。

之前，我很讨厌"努力"这个词，觉得它很土，令人感到有压力。但是，经过这两个月的体验，我对这个词的看法大有改观。大岛在篮球社努力练习，田中拼命地跳绳，我觉得她们都很棒。我深深地被她俩感动了。

用哈利·波特使用的那种魔法实现愿望，应该很轻松吧。那是一种只要念念咒语就能引发超常现象的魔力。但是，世界上似乎还有另一种魔法，那就是通过自己的努力做到此前认为自己做不到的事。努力有时让我们觉得痛苦，在努力的过程中我们可能会有忧郁的时候。可是，一旦越过这些障碍，我们就会感到痛快，收获成就感。这种感觉并不坏。

"大岛说，'有志者事竟成'是魔法咒语。田中，你觉得呢？"

我想提前确认一下，于是问田中。

"对认真做事的人来说的确如此，不认真的人应该不太懂这句话吧。山下，你已经体会到了吧？"

"嗯，一点点吧。"

"既然你体会到了一点点，那就努力再多体会体会。你可不能退缩呀。"

"'有志者事竟成'啊。有什么四字熟语跟它一个意思吗？"

"就把这当作接下来的作业吧。你自己好好查一下，然后告诉我。作为交换，我会告诉你'有志者事竟成'用英语怎么说。You can do it！"

田中说了一句十分标准的英语，说得跟英语老师一样标准。

从这天起，学习指导正式开始。田中使出浑身解数指导我学习。

"这里是重点。好好做笔记呀。"

只要我在数学课或科学课上打瞌睡，田中便会用手肘推我。

在劳动课上，我在缝纫机前坐姿不对，田中便提醒我要把背挺直。

我本来以为自己的语文还不错，结果要么是汉字笔顺错了，要么是朗读的声音太小，被田中一顿批评。不，一通指导。

就像有一位烦人的家庭教师一直在监督我一般，我有时也会感到烦躁。

那块巨大的橡皮居然在两周后被我用掉了一半，连我自己都很惊讶。

我甚至怀疑，她是不是故意找了一种能够很快用完的橡皮送给我。

这些日子，我与其说在"拼命努力"，倒不如说在"艰苦奋斗"。

期末考试前的一天午休时，后排的光平趁田中不在，问我："田中像不像那部电影里的赫敏？"

"为什么这么说？"

"整个年级她最聪明，还总让别人努力学习。"

哈利·波特三人组中的赫敏确实如此。她在年级里成绩名列前茅，总是第一个举手回答问题，会在图书室中搜集深奥的资料，让缺乏干劲的男生充满活力。

"木内最近怎么样？"

"她似乎受到了你和田中的影响，总是提醒我认真学习。我都有点儿烦了。"

光平一边说一边皱起了眉头，将铅笔夹在鼻子和上嘴唇之间。

他这样子看起来不像是苦恼，倒像是开心。

到底哪一位才是赫敏呢？我差点儿问出口，但是我没问。

田中是田中，木内是木内，每个人都有自己的特点，没有比较的必要。我和光平都非常幸运，能交到这样的朋友。

　　很快第一学期就要结束了，第二学期还会抽签决定座位。所以，接下来的时光就让我们四个人一起充实地度过吧。

24

全新三人组的诞生

　　七月二十日是今年梅雨季的最后一天，也是举办散学典礼的日子。天气预报说，这一天会出现三十摄氏度以上的高温，而七月二十一日的最高气温可能会超过三十五摄氏度。

　　爷爷打电话来问我，要不要过几天再去游乐园，我表示一定要七月二十一日去。我想在散学典礼的第二天向爷爷汇报我的成绩。虽然可能有些热，但是我想再次和爷爷坐在摩天轮上聊天。我想将那一天的起点定格在和爷爷去游乐园坐上摩天轮的那一刻。

　　二十一日上午八点游乐园开门后，我们早早地排了队，坐上了摩天轮。

爷爷一身夏天的打扮，上身是白色半袖高尔夫球衫，下身是浅驼色的长裤，脚上是一双白色运动鞋。他穿着的那双红袜子，是我送给他的礼物。尽管那双袜子看起来有点儿突兀，但是看到它们我特别开心。

摩天轮开始缓慢上升。爷爷和上次一样，从包里取出装着奶奶照片的相框和一个装着御手洗丸子的纸袋。

我一眼就发现，奶奶的照片换了一张。之前的照片上奶奶穿着和服，今天的照片上她穿的是普通衣服。她长发垂肩，穿着半袖连衣裙，依旧满脸笑容，但是看起来年轻许多。

"这是什么时候的照片？"

"大概三十年前吧。你爸爸当时跟你现在一样大。奶奶是个大美人吧？"

哇，爷爷真是一点儿都不拐弯抹角。

三十年前，奶奶三十八岁左右？

漂不漂亮，这不是我一个小学生能判断的事。不过，我发现，她的眼睛也小小的。爸爸跟她长得非常像。

"爷爷，你们一直很恩爱吗？"

"恩爱？啊，就是相亲相爱吧。"

爷爷微微一笑，盯着奶奶的照片看了许久。

春假期间来这里坐摩天轮的时候，我感觉温暖和煦。
而现在，明明也是早上，光线却已十分刺眼。到处都是
明晃晃的阳光。向下俯瞰时，阳光刺眼得令人眩晕。摩
天轮的座舱中也洒满了阳光，很快我就出汗了。

我和爷爷一起喝起了我从家里带来的一壶大麦茶。

"对了，我今天想把这个给你看一下。"

喝完大麦茶后，爷爷从包里拿出了一个小本子。

本子的封面发霉了，脏兮兮的，颜色都变了。我翻
开本子，它内页边缘沾满了红茶茶渍般的脏东西，窄窄
的横线里写满了字。我明白了，这应该就是爷爷之前在
电子邮件里提到过的日记本。

"这是半个世纪前的？"

"这是我大学时期的日记本。我写了很多很多当时
的梦想。"

他一边说，一边翻着日记本，让我看了一眼贴了便
利贴的地方。

发霉的味道迅速冲进我的鼻腔。

"你看，'每个月写满三百页作文纸'。我以前一直
梦想成为一位作家。"

"就是写故事的人？"

"对，我想写小说或者儿童读物。上大学的时候，

我在家里写小说的时间比上课的时间还长呢。"

"每个月写三百页，三百页普通的作文纸吗？"

"就是你在学校写作文用的那种，一页有 400 个格子的。"

"您写了那么多吗？"

"我只是希望那样，那就是个目标吧。但是我没做到，完全失败了。每天要写四千字，太难了。"

长大之后，就能写那么多字吗？我现在哪怕只写一两页纸的作文，大脑都会痛苦地哀号。

虽然爷爷说自己失败了，但是我觉得他能挑战这个目标，这本身就很了不起。

"既然这样，您把目标降低点儿不就好了吗？比如每个月写两百页，或者一百页。"

"你说得也对。但是，当时我崇拜的一位作家说，他从学生时代起每个月都写三百页，日复一日地坚持苦练，才成了作家。我希望我能像他一样。"

这是爷爷第一次跟我讲述这些事。

原来，爷爷也曾为了实现梦想而不懈努力呀。

"您写了很多故事吗？比如小说，或者儿童读物？"

"写了呀。大概写了两三个故事吧，但是没有写成书。大学毕业后我本打算继续写的，但是工作很忙，我

根本抽不出时间，所以渐渐就不写了。最初的梦想还没实现，我已经老了。"

"现在您还是觉得很遗憾吗？"

"我遇到了你奶奶，结了婚，还有了孝顺的儿子和你这么可爱的孙子。况且我还在幼儿园工作了那么久，已经很满足啦。不过，要想实现梦想，还是应该百折不挠。我之所以能这样反思，都是因为你给我看了你的日记本。"

最后这句话令我感到十分意外。

我的日记本居然帮到了爷爷！真的假的？

我想起来了，今天我带了我的日记本和成绩单。

我把它们从书包里拿了出来，向爷爷解释道："日记本我在春假的时候给您看过，之后我两胜两败。我原本以为所有愿望都会实现，没想到最后两个都没实现。"

在跳绳比赛中，我没能进入前三名。昨天拿到的成绩单上虽然有三个 A，但我还是没有实现拿五个 A 的目标。我已经在第九页和第十页的时间饼图上画了大大的叉。我不想为自己辩解什么。

爷爷将脸凑到我的成绩单上，从头到尾仔仔细细看了一遍。

"龙野，你之前拿过 A 吗？"

“拿过，不过只有一个。”

“这次语文、科学，还有劳动你都拿到了 A。这不是很厉害吗？这不就是你说的，那个……”

“难以置信？”

“对，就是那个。你去年跳绳比赛的成绩是……？”

“第二十一名。”

“这就叫作‘突破性进步’。这不是很了不起吗？”

或许是因为有些激动，爷爷声音突然变大了。

没错，跳绳也好，学习也罢，我都打破了之前的纪录。连我自己都很开心。但是，我所期待的那种魔法却没能发挥出神力来。有两个人给了我帮助。如果没有她们，那我估计无法创造新纪录。那支羽毛笔也不是什么秘密魔法笔。

“可我还是没有达到预想的目标，这样看来我确实失败了。”

我一提到“失败”这个词，爷爷便说：“哦，是这样吗？我可不这么觉得。”

“为什么？”

“春假听你讲这些的时候，我感受到一点，那就是，你定了一系列庞大的目标，却没打算认真努力地去实现它们，就好像会有神秘的魔法帮助你实现它们似的。”

确实如此。我至今还记得，那时爷爷一反常态的严肃表情。

我点了点头，爷爷继续说道："'龙野这样真的没问题吗？'就在我这么想的时候，我回忆起自己年轻时的事情，也就是刚才我告诉你的，我打算每个月写满三百页作文纸的事情。我当时一个月连一百页都没写满过，谈什么三百页！这就像是从第一级台阶一下子蹦到第十级一样，绝对不可能做到呀。"

这的确不太可能做到，但是我依然想挑战一下。我不想傻乎乎地付出努力，我想帅气地实现自己的目标。

"你说自己失败了，其实是因为你设定的目标不合理。龙野，你和过去的我都是这样。所以我们要吸取这个教训，确立一些现实的目标。俗话说得好，'失败乃成功之母'嘛。"

"现实的目标，是简单的目标吗？"

"不是的，是那种要全力以赴才有可能实现的目标。我被你激励到了，也想开始写日记了。你看，在这儿。"

爷爷在包里来回摸，又拿出了一个本子。

本子的封面上是一朵向日葵。咦，怎么跟我的日记本一样？

"爷爷，您也开始写日记了？"

　　"嗯，我上一次写日记还是五十年前的事呢。我想重新开始写作。"

　　难以置信！我在心中重复了十来遍。

　　"每个月三百页？"

　　"那就重蹈覆辙啦。这次我必须吸取教训，设立一个切实可行的目标。"

　　"两百页？"

　　"这个月先试着写写。一天一页，十天就有十页了。"

　　"就这么点儿？"

　　"现在最重要的是开始。怎么说这也是一个七旬老头的再次挑战啊。"

　　爷爷给我看他写的日记。

　　"七月二十一日，我开始写儿童读物的草稿。"

　　"七月三十一日，我写满了十张稿纸。"

　　爷爷的写法跟我的一样！虽然现在才写了两页，但是他已经立下了具体的目标。

　　今天就付诸实践，这一点也和我一样。

　　"爷爷，您想好具体写什么了吗？"

　　"一点点吧。主人公是一个像你一样的孩子，在暑假里经历了许多事情。"

　　"他经历了什么？"

"在跟你聊天的过程中，我产生了很多灵感。"

像我一样的孩子的故事？光是想想我就起鸡皮疙瘩了。还好没漏尿。

"你上次说自己不走运，对吧？"

我点了点头。

"在我看来，你这学期的运气非常好。"

"为什么呢？"

"因为你从大岛和田中那里收获了非同寻常的鼓励。要说'运气'，收获一帮好朋友就是一个人最大的运气。"

爷爷这么一说，我便想起来自己是怎么与大岛和田中成为朋友的了。

追根溯源，是因为我要竞选啦啦队队长。因为必须在日记本上写点儿什么，所以我突发奇想，写了一些难以实现的愿望，但是我为了实现这些愿望付出了努力。

之后，事情的发展超出我的预料。由于我担任临时队长帮了大岛，大岛便提议开始一项"奖牌斩获计划"。然后田中也加入了，之后她还给了我学习上的建议。现在回想这些事情，我确实可以用"运"这个字来形容。

"运"这个字还有"搬运"的意思。

"运气是靠自己运过来的。"

田中肯定会这么说。

我在心中悄悄说了声"对"。

和爷爷聊了天，我自己又思索了一番，很快摩天轮就转了一圈。我们下来后，又重新排队坐了上去。现在还很早，游客不多。

我们在坐第一圈的时候忘了吃御手洗丸子，现在爷爷和我一人一串吃了起来。他把剩下的一串丸子放回了纸袋，这是给奶奶留的。

"我这种写日记的方法，是跟我们班的同学井上光平学的。我是山寨的。"

"山寨？这话说得真奇怪。你就说借鉴好了。只要是好的经验，都可以借鉴、学习呀。我也要借鉴龙野的方法写日记。我很感谢你。"

爷爷一边说，一边把手放到我头上。

那这个暑假，光平、我，还有爷爷就可以组成一个三人组了。在写日记时使用同一种方法的男子三人组。这也不错呀。

现在用的这个日记本，我本来打算用到第一学期结束时就不用了，跟爷爷报告完毕后它的使命就结束了。我本来准备从今天开始换一个日记本。因为，我觉得继续用这本画了象征失败的叉的本子不太吉利。我怕看到那两个叉，我的热情之火会被浇灭。

但是，听了爷爷的话之后，我的想法变了。遭遇过失败是事实，将失败的记录保留下来更好。以此为鉴，我可以慎重地考虑如何设立目标。

如果失败真的是成功之母，那即便遭遇失败也没什么大不了的。虽说不必赌上性命，但是我会竭尽全力地努力。"拼命努力"和"艰苦奋斗"是让我不断进步的关键词。不论结果如何，我已经亲身体会到了什么叫成就感。以后，即便失败令我感到忧郁，我也会继续努力。我现在完全不会被忧郁吓倒。

我思考着这些，再次翻开了自己的日记本。

第九页和第十页各有一个大叉，可是这两个大叉见证了我全力以赴的岁月。我要保留这个本子，从第十一页起再次开始写日记。

"有志者事竟成，这是魔法咒语。"大岛的声音在我耳边回响。

是啊，相信这句话，没准我也会施展魔法。实现愿望的并不是咒语，而是努力，踏踏实实的努力。虽然我不再使用羽毛笔了，但是我的日记本仍然是魔法日记本。

"爷爷，下次我们见面的时候，再交换日记看吧。"

我喝着剩下的大麦茶，这样提议道。

摩天轮正好到了最高处。

　　"交换吗？好呀，就是觉得有些不好意思。"

　　爷爷笑着说，我想起光平也说过类似的话。

　　这时，爷爷手上那个装着奶奶照片的相框，反射出了耀眼的光芒。

后　记

　　山下龙野憧憬的三人组最终幸运地成立了。如果不看到最后一章，可能你会以为山下龙野和井上光平之外的第三个人是田中结花或者木内乙女吧？想不到吧？这个人居然是山下龙野的爷爷！这个结局可能令人难以置信。但是，看到"日记三人组"顺利成立，作为作者的我终于松了口气。

　　这本书讲的是一个独立的故事。在本系列的第一册《梦想成真的未来日记》中，龙野的好朋友井上光平在日记的陪伴下实现了华丽变身。为了搞清楚光平转变的来龙去脉，龙野尝试了各种方法，这就是这本《梦想成真的未来日记．不愿服输的心情》的开端。

　　在小学阶段的最后一个暑假，龙野和光平究竟会写出什么样的日记呢？还有，决定在日记的陪伴下重新创作儿童读物的爷爷，又会经历什么呢？光是想象一下，我就觉得兴奋不已。

　　如果你和这些人物产生了共鸣，请一定亲自去尝试一下，写出属于你自己的独一无二的日记，再找一个能够鼓励你的四字熟语或其他关键词，并将其铭记在心，然后找到你擅长的领域。如果你已经知道自己擅长什么，那就祝你百尺竿头，更进一步！

我也要学习龙野"拼命努力"和田中"完全燃烧"的精神，写出更多精彩的作品。

让我们一起加油吧！

本田有明